U0115326

古遠清臺灣文學新五書

微型臺灣文學史

古遠清　著

自序　冬天出版一本書，春天豎一塊「墓碑」

每出版一本書，便完成另一座墓碑。

這是臺灣詩人顏艾琳的詩句，也是名副其實的「警」句。使我納悶的是：她比我年輕得多，怎麼會有「一座墓碑」這個比喻？我如今已步入耄耋之年，幸運地在臺北「萬卷樓圖書公司」連續出版了「古遠清臺灣文學五書」，我只感到每出版一本書，都是在生命的旅途上豎起一座紀念碑。不過，細想「一座墓碑」的說法，也不無道理，因爲正當我八秩大壽時，青光眼向我發起進攻，白內障又面臨開刀，頸椎病更使我難以低頭看書寫字（現已好轉），這難道不就是一步步向「墓碑」靠攏嗎？「墓碑」本是紀念碑的一種，那就抓緊寫吧，趕緊在「墓碑」還沒到來之前，完成自己想寫的文章和想寫的書。

有讀者問：「爲什麼叫『臺灣文學五書』？」我開始和「萬卷樓」打交道時，只有「三書」。在《臺灣文學如雲，我只是抬頭看過》一文中，我提到晚年最大的心願是完成兩個「百萬工程」：分別爲將近一百萬字的《戰後臺灣文學理論史》、《當代臺灣文學事典》。其中前者「萬卷樓」分四冊幫我出版了，算是了卻了一大心願，而後者早在三年前就由大陸某出版社排好了版，可由於眾所周知的原因，此書「千呼萬喚不出來」。這本書很想改交我已經建立深厚感情的「萬卷樓」出版，可我和大陸出版社有合約，只好耐心等待。至於「五書」中的《臺灣查禁文藝書刊史》，是因爲多年前申報過國家社科基金課題，因「敏感」未能立項。既然有詳細的提綱，何不將其寫出？就這樣花了半年多功夫完稿了。至於《臺灣百年文學制度史》，是我一直想寫的，但一直找不到契機。當我郵購到《中國現當代文學制度史》這本大書時，感到有開創性，但臺灣文學制度部分寫得過於單薄，我便下決心自己寫一本。也就是說，「古遠清臺灣文學五書」是邊寫邊尋找寫作靈感。一旦靈感來臨，擋都擋不住，終於「五書」一舉成功。我慶幸自己還沒有老去，還能開會，還能演講，還能寫作，還能一本一本出書。不幸的是我的「老秘」突然一下「老」了，因爲腿疾寸步難移，幫我打字是不可能的了。在這酷熱的夏季，我先後請了兩位學生幫忙，這是我的一種新的寫作方式。

現在是微時代，表現在文學上，有微小說、微散文、微電影，但還沒聽說過有微論文，更沒有人寫過微型文學史。我這位又老又古、又古又老的「古老」，居然也有一部簇新的、號稱「世界上最短的文學史，一個人的經典排行榜」的《微型臺灣文學史》面世，我爲自己在文學史領域豎起了一塊「墓碑」而自我點讚。我問「萬卷樓」可否將「臺灣文學五書」易名爲「臺灣文學六書」？對方回答說：「你精力這麼充沛，處於井噴期，就不叫『六書』，而叫『臺灣文學新五書』吧。」這一「新」字，又萌生了再把舊作《余光中傳》重新「整容」，以致又有了《余光中論爭史》。據說，此書簡體字初版本《余光中：詩書人生》傳主讀了後很不爽，因爲我把他不肯「從實招來」的往事曝光，以致我兩次赴臺要求見面，都遭到婉拒。

「臺灣文學」一直糾纏著我，讓我喘不過氣來。還想寫一部《臺灣文學期刊史》和《臺灣文學出版史》、《臺灣文學論爭史》呢。不過現在最重要的是將《二〇二〇世界華文文學研究年鑑》和《世界華文文學新學科論文選》殺青，趕緊交付香港和臺灣的出版社。啊，還有一本大部頭的《臺港澳百年新詩學案》年底結題後，再不出就有可能成爲「遺著」，名副其實地成了「墓碑」了。

有朋友調侃說：「你的書怎麼老是寫不完、出不完？在出書問題上，有人要『早』死，你卻要『淹』死。」我不懼「墓碑」，更何況怕「淹」？我研究臺灣文學不歇手，是爲了寄託我的人文情懷，報答陝西師範大學人文社會科學高等研究院給我的學術第二春，也是打發我的剩餘時光。開會、演講、讀書、寫書、出書，是我的養生之道。我在答中南財經政法大學學生記者問時云：

何以解憂？唯有讀書。
何以療傷？唯有寫書。
何以快樂？唯有出書。

這裡說的療傷的「傷」，有別人難以想像、也是本人難以啓齒的苦痛。我遭到前所未有的家暴，以致我們有一段時間躲在洗手間裡煮飯，在衛生間的一個小角落裡像從事地下工作一樣偷偷地打字。我的「臺灣文學五書」，正是在這種惡劣的環境中完成的。這種環境迫使我全神貫注地寫作，由此忘卻暴力，忘卻傷痛，由此讓我的系列著作，成爲晚年的一道亮麗人生風景。我用著書的形式記錄自己對彼岸文學作品閱讀的體會和文化認知，讓生命沉醉在寫書、出書、購書、搬書、寄書、送書的快樂氛圍之中。

此岸有黃鶴樓，彼岸有「萬卷樓」。拙著盡可能寫出我心中對寶島文人文事熟悉而隱秘的情感，寫出我的評價、思索，相近與疏離。我在黃鶴樓畔耕耘，「萬卷樓」幫我收穫。寶島的出版畢竟是自由的，文學也是豐富的，是多元共生的，是多重取向的。我熱烈期待著有一天，能登上對我的系列著作實行「寬審」乃至「免審」的「萬卷樓」去憑欄遠眺；我相信無論是喜馬拉雅山，還是玉山上的積雪，都正在消融。冬天出一本書，春天豎一塊「墓碑」，這也是我人生的一大樂趣啊。

古遠清

二〇二一年七月於酷暑中武漢

目次

緒論　「臺灣文學」界說及分期

本書名爲《微型臺灣文學史》。

何謂「微型」？顧名思義就是篇幅短小，如目前篇幅最長的臺灣文學史，數大陸學者劉登翰等人主編的《臺灣文學史》，分上、下冊出版，厚達九四八頁，相較本書，只有七十七頁。同樣也是分上、下冊出版的陳芳明《臺灣新文學史》，共有二十四章，而本書只有三章。（註一）故以「微型」稱呼本書，可謂名符其實。

「微型」不僅是篇幅長短問題，還事關評價標準。關於「經典」的確定，本書從「嚴」而不是從「寬」。一九九九年，臺灣的行政院文化建設委員會委託王德威等七位決審委員評出的臺灣文學經典，有三十部之多，雖然沒說這三十部的作者均爲經典作家，但其意思還是可以體會出來。三十位顯得寬，像美籍華人夏志清用英文寫的《中國現代小說史》，入選爲臺灣文學經典就值得商榷。該書隨意性強，客觀性弱，如夏氏論述張愛玲的篇幅比論魯迅還長，就欠妥。該書還把不少作家冠之於「最偉大」，人們要問：到底哪個才是「最偉大」呢？不錯，《中國現代小說史》發現張愛玲是一種難得的洞見，但意識形態的偏見也不少。此書最多是有影響的著作，打上「經典」的標記，純屬人爲的拔高。再如把原汁原味的上海作家張愛玲的作品《半生緣》選入臺灣文學經典，更是貽笑大方的敗筆。

至於本書按齒序定位爲現當代「經典」的十位作家，除白先勇外，全部去了天國。人們要問：選「經典」作家，一定要「死」的不能「活」的嗎？之所以選中健在的白先勇，是因爲他最好的小說已經寫出，他已不可能再超越自己了。或曰：像黃春明這樣優秀的作家，怎麼就不能定位爲「經典」作家？答曰：經典作家必然是優秀作家，但優秀作家不一定是經典作家。黃春明還在寫小說，他有可能在生命的嚴冬寫出新的驚世駭俗之作，故對他的定位還要觀察一段時間。

對一位作家的終身成就的評價，最可行的辦法是「蓋棺論定」。有讀者問：「你在《戰後臺灣文學理論史》封面不是寫著：『對許多評論家未蓋棺先定論』嗎，怎麼又變卦了？」且慢，那本書論的是評論家的文學成就，而非論證其作品能否成爲「經典」。當然，文學成就與確立「經典」有關，但也僅僅是「有關」而已。

何謂「臺灣文學」？其關鍵詞是「臺灣」還是「文學」？如果把「臺灣」當作關鍵詞，即不認爲「臺灣」只是地理名詞，那就偏頗了。既然「臺灣文學」的「臺灣」是中性名詞，那我們就不要將其意識形態化。這裡不妨聽聽黃得時的意見：

一　作者爲出身臺灣，他的文學活動（在此說的是作品的發表及影響力，以下雷同）在臺灣實踐的情形。

二　作者出身於臺灣之外，但在臺灣久居，他的文學活動也在臺灣實踐的情形。

三　作者出身於臺灣之外，只有一定期間，在臺灣做文學活動，此後再度離開臺灣的情形。

四　作者雖然出身於臺灣，但他的文學活動在臺灣之外的地方實踐的情形。

五　作者出身於臺灣之外，而且從沒有到過臺灣，只是寫了有關臺灣的作品，在臺灣之外的地方做了文學活動的情形。（註一）

這裡運用了十四次「臺灣」，可見其鄉土立場之堅定，但他那時不可能有「臺灣意識」，更不可能奉行「唯成分論」，他把「出身於臺灣之外」的作家列入，可看出其寬闊的胸襟。

黃得時是最早投入臺灣文學史研究的先驅，他把臺灣文學的作者分爲土生土長、非土生但土長，非土生土長但在臺灣旅居過一定期間等五種情況。這「一定期間」，到底是十年還是八年？他沒有明說。劉以鬯在界定香港作家時，也曾把旅居者寫的作品算是香港文學，但這旅居時間必須按照港英政府規定的住滿七年才算香港公民。也就是說，「一定期間」在香港是七年，不滿七年的人寫的作品不算是香港文學。（註三）相對劉以鬯的做法，黃得時顯得有靈活性。其實，黃氏認爲，眞正可以稱爲純正的臺灣文學，應是第一種，但不能完全排斥旅居者。遠一點來說，臺灣與清朝關係密切。在明末清初時代，臺灣本土文人雖不是鴉雀無聲，但稱得上大家的少，在文壇上馳騁有影響的人多半是遊宦人士。至於第二、四、五種情況，或在臺灣只是過客，或連過客都談不上，但寫過有關臺灣的重要作品，也不能用減法將其剔除，因而黃得時斷言：

作爲臺灣文學史要予以處理的範圍，以出身於臺灣，在臺灣進行文學活動的人以及出身於臺灣之外，在臺灣久居，在臺灣進行文學活動的人爲主，短暫逗留的及其他人，只有必要時才提他。（註四）

這「必要時」具體何指？像張愛玲在臺灣的確「短暫逗留」，但這位出身於上海而非臺灣的女作家，到臺灣來純是旅遊，而非從事文學創作活動。文學史可以提她，但不能將其定位為臺灣作家。黃得時的「臺灣文學論」，把活動場地看得尤為重要。按他這種觀點，在日據時期，由大陸赴臺的作家梁啓超、章太炎、郁達夫，以至後來的梁實秋還有編輯家史習枚，都不應從臺灣文學的名單中排除出去。

當然，限於時代和環境，黃得時的看法有進一步深論的必要（註五）。以國際交流角度看，從臺灣移民國外的作家，不少人取得了巨大成就，如於梨華的留學生文學、葉維廉的詩學理論、紀弦的新詩，均屬黃氏說的第四種情況。

何謂「文學史」？「文學史」既是歷史學科，又是文學學科。作為文學學科，文本的詮釋非常重要，但作家的文學史定位也不可忽視。這牽連到誰來定位、誰來詮釋，甚至誰最有權利來書寫的問題。這裡應補充一句，最有權力的不一定是本地學者，也可以是「出生於臺灣之外」的學者。此外，文學史固然離不開作家作品，更離不開「經典」的確定和評價。本書認為「經典」不是一般的優秀之作，而是比優秀之作影響更為深廣、能經得起時間篩選的傳世之作。

既然是「微型」，本書對臺灣的古典文學（含近代文學）、現代文學、當代文學只能做提綱式的論述。當然不是平均使用力量，而是把主要篇幅放在現代和當代部分。臺灣的現代文學，也就是日據時期文學，作家們差不多都用日文寫作，而光復後的當代文學，作家們改用中文寫作。擺在讀者面前的這部微型文學史，便不問語言、不問種族、不問國籍，把凡是在臺灣這塊土地上產生的文學均包含進去。

這是誰的「文學史」？著者不生活在臺灣，不可能替哪一個派別代言。拙著是一部力圖超越政治和黨派的文學史。

注釋

一　陳少廷的《臺灣新文學運動簡史》篇幅也很短，但它不是通史而是專題史。

二　黃得時：〈臺灣文學史序說〉，《臺灣文學》第三卷第三號（一九四三年七月），原爲日文，後來由葉石濤翻譯刊載在《臺灣文學集一——日文作品選集》（高雄市：春暉出版社，一九九六年），頁三～十九。

三　劉以鬯主編：《香港文學作家傳略》（香港：市政局公共圖書館，一九九六年）。

四　黃得時：〈臺灣文學史序說〉，《臺灣文學》第三卷第三號（一九四三年七月），原爲日文，後來由葉石濤翻譯刊載在《臺灣文學集一——日文作品選集》（高雄市：春暉出版社，一九九六年），頁三～十九。

五　參看劉登翰等主編：《臺灣文學史》上卷（福州市：海峽文藝出版社，一九九一年）。

第一章　明鄭以來的經典作家

第一節　臺灣古典文學掠影

如果從遠古到一八四〇年描述「臺灣的文學」（而非嚴格意義上的「臺灣文學」），最早有原住民神話、傳說和歌謠。其中的內容不是謳歌祖先、表現勞動生活，就是離不開反映愛情這一永恆主題。此外，還把「會飲」當作歌唱的題材，如南社有首〈會飲歌〉：「耕田園，遇好年歲，收得麻，收得米，捕得鹿且多，父子、祖孫來飲酒，歡呼歌唱爲樂！」這裡描寫一家三代同飲，體現了濃厚的親情和人性美。此歌謠文字質樸，感情眞實，鄉村氣息躍然紙上。

臺灣的古典文學時期，通常是指一六六一年至新文學發生前的一九一九年。在開創期間，移民文學是主流。

臺灣文學的發展不像當下以北部爲中心，而是以臺南爲基地，然後慢慢才向北移動。就時間而言，眞正算得上有臺灣的文學，自明鄭開始。這時出現的作家，其作品表現主題爲熱愛中華民族，對外來侵略者占領臺灣的行爲而表現出強烈的牴觸乃至反抗情緒，他們無不高度讚揚鄭成功驅逐荷蘭人收復臺灣島。鄭成功自己於一六六二年則寫了〈復臺．即東都〉：

開闢荊榛逐荷夷，十年始克復先基。

田橫尚有三千客，茹苦間關不忍離。

此詩寫出了收復臺灣的艱辛，經歷了數年總算「逐荷」成功，從而體現了捍衛祖國領土不可動搖的雄心壯志。另一些詩人表現的是開墾臺灣這片荒地艱苦卓絕的過程。如盧若騰的〈東都行〉：

自夏而徂秋，尺寸墾未成。
況且苦枵腹，鍬插孰能擎！
病者十四五，聒耳呻吟聲。
毒蟲回寢處，瘴泉俱飪烹。

這裡用寫實手法道出了百姓們被毒蟲、瘴泉肆虐的的苦痛，是墾荒文學的佳作。

鄉愁詩，是這一時期詩人寫得較多的主題。徐孚遠是這一方面的代表。他有一首詩名曰是懷念姓章的友人，其實是借他人酒杯澆自己胸中塊壘，抒發綿延不盡的思念家鄉的心情。也有的詩作沒有停留在個人遭遇上，而是包含有讚頌清王朝統一中國宏偉事業的強烈政治內容。本來，清王朝將明鄭政權打垮，這並不是歷史的倒退，因爲統一中國畢竟符合歷史發展的潮流。至於反清復明，表面上是一種開倒車的行爲，但其中也包含有保衛祖國的內涵。那些跟隨著鄭成功的明朝遺老們所書寫的是愛國文學，同時也是遺（移）民文學。隨清政權漂流到寶島的文人與明鄭時期的文化人相匯合，畢竟爲臺灣文學輸入了新鮮血液。他們創作的詩文，淩厲雄邁，激情澎湃。如參與攻占澎湖戰役的清朝水師都督福建漳州人洪斌，寫有七律〈戰澎湖〉：

黃龍十萬卷長風，蜃結氤氳滄海東。
雷發大車連幟赤，雨飄戰血入江紅。
雄威破膽橫天表，新鬼驚魂泣夜空。
自是扶桑觀曉日，捷書馳上未央宮。

臺灣的原住民雖然在明鄭時期沒有留下佳構，但他們和漢族同胞和睦相處，也曾對隱居高山族的沈光文給予諸多幫助。清初文人吳廷華寫有〈社寮雜詩〉：

五十年來渤海濱，生番漸作熟番人。
裸形跣足鬅鬙髮，傳是童男童女身。

中華文化在臺灣的傳播，和明鄭以前歷代文人歌詠的臺灣詩文有關。除沈光文外，康熙前期散文家郁永河的《裨海紀遊》，也很值得重視。儘管人們認爲，孤懸海外的臺灣屬蠻荒之地，但散文家郁永河仍然謳歌這塊神奇的土地，作品眞實地記錄了從一七三二年（雍正十年）到一九三九年（含日據時代）臺灣的山川、民俗、風土、物產。如他這樣盛讚臺灣南部平埔族的新港社等地：「嘉木陰森，屋宇完潔，不減內地村落。」對平埔族婦女，郁永河還有這樣的描寫：「又有三少婦共春，中一婦頗有姿；然裸體對客，而意色泰然。」這裡不能說郁永河「好色」，他讚頌的是「天然去雕飾」的自然之美。「所見番婦多白晳妍好者。」番婦，即原住民女子。村姑不施粉黛，自然耐看。他這樣表彰明鄭統治的社會秩序：「立法尚嚴，有盜伐民間一竹者，立斬之。」郁永河不僅用散文還用詩歌描繪彰化平埔人的行頭：「腰下人人插短刀，朝朝磨礪可吹毛：殺人屠狗般般用，才罷樵薪又索綯。」這是番竹枝詞，郁永河運用得如此嫻熟，不得不佩服其詩藝之高超。

臺灣文學的開創期，體裁不可能像後來那樣多姿多彩，它只限於詩詞與紀實作品，其中一六六一年隨鄭成功去臺的明朝舉人徐孚遠為「海外幾社六子」之一，著有二十卷《釣璜堂存稿》，收詩作二千七百多首，其中最值得重視的是在去臺灣後創作有《臺灣詩抄》。陝西籍文人高拱乾的創作有〈臺灣八景〉、〈澄臺記〉、〈臺灣賦〉等。

古典文學時期大陸移民作家固然重要，但也有少數本土文人的創作。他們受沈光文這些大陸遷臺文人的影響，於一八六二～一八九五年臺灣割讓期間創作了一些有一定文采的短章，成績突出者有王克捷、蔡廷蘭、許南英等人。一八八五年首任臺灣巡撫的安徽人劉銘傳則著有《大潛山房詩抄》，（註一）其詩作無不以愛國愛鄉著稱。和上述文人不同，風情豪邁的盧若騰不僅有創作，還有理論。他認為詩是「人心之噫氣」、「以志所遭之不幸」。他的詩作便是這種主張的實踐。至於〈東都行〉，則是明鄭時期表現臺灣社會面貌極為動人的佳作。

明末遺民文人還有陳永華的《夢蝶處記》。清治前期的臺灣作家有臺南葉泮英的〈屏山西照〉：

峭壁蒙茸綠，天然列畫屏。

夕陽殘照裡，添得幾分青。

這首寫景詩文筆清新，耐人咀嚼。鳳山黃驤雲的〈龍井觀泉〉，是難得的風景畫。宦臺文人以詩著稱的則有孫永衡、阮蔡文、藍鼎元等人，其作品主要是反抗英國侵略者、抵制和主張銷毀毒害人民的鴉片，其中孫永衡的《赤嵌集》描寫山荒地險的詩句，俯拾即是。

鴉片戰爭（一八四〇～一八四二年）期間，爲臺灣近代文學的開端。這時活躍在文壇上的同樣不是小說家，而是詩人。這是一群反侵略的愛國詩人，主要有熊一本、姚瑩、林占梅、鄭用錫等。臺灣當地詩人則有劉家謀、張維垣、李華。他們的作品或謳歌抗英英雄，或記錄戰爭風雲，或反對鴉片泛濫，或不認同《南京和約》的賣國行爲（註二），其愛國精神和大陸去臺文人完全一致。這時的臺灣散文以寫景、敘事、議論爲主，抒情散文極少。咸豐至光緒初年，采風之風盛行，出現了新竹作家群。筆記文學與楹聯，則是新出現的創作現象。

一八八五年，臺灣建省後，由福建遷臺文人傳入「詩鐘」這一體裁，其活動形式以唱爲重，創作上追求「熨貼自然」。其造句表面上貌不驚人，其實生活氣息非常濃厚。到了光緒年間也就是元年到二十年，詩社如雨後春筍般興起。

臺灣的詩社由沈光文一六八五年和他的同好首創東吟社。一八九三年在臺北成立的「牡丹詩社」，則是臺灣最大的詩社。一八九八年，霧峰林痴仙成立的「櫟社」，謙稱自己是不材之林，其實這群文人才華橫溢，出版有《櫟社第一集》等。

總之，臺灣的古典文學和近代文學，文人創作以詩詞爲主，這些渡海去臺文人所書寫的是「移民文學」、「鄉愁文學」和「反殖文學」。對臺灣文學開拓和貢獻最大者爲沈光文。保持民族氣節的丘逢甲，以及提出「臺灣」詩界革新論的連雅堂，則是近代文學本地詩人的傑出代表。

第二節　沈光文：臺灣文學「初祖」

沈光文（一六一二～一六八八年），字文開，號斯庵，浙江寧波人。明朝覆亡後，以太常博士銜投筆從戎，與著名愛國將領史可法一起從事抗清活動，失敗後在普陀山隱居。後來又從普陀庵到廣東肇慶，被授予太僕少卿。當時鄭成功已據守閩粵等地。一六五一年，沈光文又從廣東潮州遠渡福建金門，清兵抵達福建後，沈光文從金門坐船到福建泉州，意想不到的是遭遇颱風，被飄到臺灣的宜蘭，從此「極旅人之困」，在臺灣生活了三十六年。《諸羅縣志》卷十一〈題沈斯庵雜記詩〉記載了季麒光曾說的一段話：

> 從來臺灣無人矣，斯庵來而始有人矣；臺灣無文也，斯庵來而始有文也！

這是對沈斯庵也就是沈光文的歷史評價和定位。沈氏著作有《文開詩文集》、《臺灣賦》、《臺灣輿圖考》、《流寓考》、《草木雜記》等。雖然眞正屬於文學的並不多，但追隨魯王渡海來臺的沈光文，畢竟是最早詠鄉愁的作家。如〈感憶〉：

暫將一葦向南溟，來往隨波總未寧。
忽見游雲歸別塢，又看飛雁落前汀。
夢中尚有嬌兒女，燈下惟余瘦影形。
苦趣不堪重記憶，臨晨獨眺遠山青。

這裡寫的「游雲」、「飛雁」，是作家移情和象徵的對象，其重要意義是承載思鄉、思念親人的情感。詩人依托自己「來往隨波」的生命體驗，從「苦趣」中發現了生活的意義。連雅堂在《臺灣通史》〈藝文志〉說得好：

臺灣當鄭氏之時，草昧初啓，萬眾方來，而我延平以故國淪亡之痛，一成一旅，志切中興。我先民之奔走疏附者，兢兢業業，共揮天戈，以挽虞淵之落日。我先民固不忍以文鳴，且無暇以文鳴也。

這就是說先民沒有時間寫詩作文的時候，明朝末年的遺老遺少卻在生活不安頓的時候感懷人生，寫下消除胸臆中的苦痛，然後上升到家國之痛的詩章，沈光文在這方面無疑起到了表率的作用。

沈光文寫原住民的詩，也很有韻味，如〈番婦〉：

社裡朝朝出，同群擔負行。

野花頭插滿，黑齒草塗成。
賽勝纏紅錦，新粧掛白珩。
鹿脂搽抹慣，卻與麝蘭爭。

這其中野草塗成的「黑齒」以及梳妝打扮時所用的「鹿脂」，再加上「野花頭插滿」的裝扮，透露出原住民的一番野味。如不是作者親眼所見，是寫不出來的。

古人有云：「文窮而後工」。沈光文一生清貧，有時靠朋友救濟，如詩友盧若騰曾經贈沈光文朱薯，沈光文收到後寫詩謝曰：

隔城遙望處，秋水正依依。
煮石煙猶冷，乘桴人未歸。
調饑思飽德，同餓喜分薇。
舊德縈懷抱，于茲更不違。

「朱薯」並非山珍海味，但它可以飽腹，故沈光文對盧若騰雪中送炭這一舉動，非常感謝和敬佩。正所謂道德文章，只有同甘共苦尤其是共患難時，才體會得出來。

沈光文常常感時記懷，或唱酬或描寫臺灣風物，在不同程度上均抒發了自己不願受辱、不甘受人擺布的抗爭精神。他的詠菊詩，便體現了這種精神，如：

孤芳獨出絕纖塵，冷向閑中老此身。
賞並高明歡不極，時當晚季傲為眞。

此詩的關鍵詞是末句的「傲」字。又如「天風吹不盡，憔悴復舒英。」這是寫菊花頑強的生命力。再如〈詠籬竹〉：

分植根株便發枝，炎方空作雪霜思，
看他盡有參天勢，只為孤貞尚寄籬。

這是典型的詠物詩：名為寫籬竹，實寫「孤貞」的自己。

沈光文一生經歷了明、荷、鄭、清四個朝代。他的早期作品沒有保留下來，不過就上述所論他的詩歌創作，既可見他去臺後的生活歷程，也可窺見其藝術上的成就。沈光文在文學史上的重要作用，正在於將中華文化火種撒播臺灣，成了臺灣篳路藍縷以啓山林的臺灣文學的開山人，以致被全祖望在〈沈太僕傳〉中稱為：「海東文獻初祖」。

第三節　丘逢甲：詩界革命巨子

丘逢甲（一八五四～一九一二年），字仙根，號蟄庵、仲閼。一九一一年後取晚號倉海。另有倉海君、南武山人、海東遺民等別號。祖籍廣東鎮平（今焦嶺縣），其祖先渡海來臺，在彰化卜居。

丘逢甲和洪棄生、連雅堂並稱爲臺灣早期抗日文學三傑，他們都是臺灣的忠義之士。其中丘氏以「同光體」的詩作和同道的「詩界革命」之作，爲他建立了在中國近代史上的地位。他寓臺內渡以後的作品，見諸於《嶺運海日樓詩抄》中，計有一六八五首，基本上是後期作品，其中又有一千多首與懷念臺灣相聯繫，如〈念臺灣〉：

> 往事何堪說？征衫血淚斑！
> 龍歸天外雨，鰲沒海中山。
> 銀燭慶詩罷，牙旗校獵還；
> 不知成異域，夜夜夢臺灣。

戰士的征衣血跡斑斑，這眞是往事不堪回首。這裡有孤臣孽子的無助呼喊，讀之令人斷腸。再如〈天涯〉：

天涯雁斷少書還，夢入虛無縹緲間。
兵火餘生心易碎，愁人未老鬢先斑。
沒蕃親故淪滄海，歸漢郎官遁故山。
已分生離同死別，不堪揮涕說臺灣。

「天涯雁斷」，是寫在戰爭陰影籠罩下，臺灣與大陸斷裂，不通音訊。「少書還」，是指關山阻隔，作者與故鄉缺少溝通的途徑。「心易碎」，是寫一八九四年祖國在中日甲午戰爭中失敗一事。「不堪揮涕」，是指一八九五年李鴻章簽訂了喪權辱國的中日馬關條約。這首詩可謂用血與淚吟成。思鄉心切的作者，不是「夢臺」，就是「說臺」，以致扶病南歸時，留下這樣的遺言：「葬須向南，曰：吾不忘臺灣也。」（註三）可見他對臺灣是那樣一往情深，讀之令人長嘆，難怪有人說他的念臺作品「沉痛至不可卒讀」（註四）。連雅堂也說：「觀其爲詩，辭多激越，似不忍以書生老也。」（註五）

大力弘揚中華民族復興，是丘逢甲詩作的重要主題。如〈謁明孝陵〉：

鬱鬱鍾山紫氣騰，中華民族此重興。
江山一統都新定，大纛鳴笳謁孝陵。

這裡對祖國「重興」的未來，充滿著希望。

作爲光緒年間的省籍詩人，丘逢甲一手握筆，一手拿槍，曾組織義軍抗日，因寡不敵眾以失敗告終，只好回廣東原籍，擔任廣東教育總會會長，並在嶺南各地講學。但他人在廣東，心卻在臺灣。正似宋人陸游不忘收復故土，寧折不彎的丘逢甲也時刻不忘有「天涯」之稱的臺灣，他對腐敗的清朝統治者割讓臺灣，視爲賣國行徑。他懷念家鄉，懷念在義軍戰鬥的歲月，如上述〈天涯〉一詩所講的「死別」，是指在疆場壯烈犧牲的熱血男兒。丘逢甲的不少詩作，乍看起來不夠含蓄，其實這正展現了作者滿腔的愛國情懷。

丘逢甲的詩不事雕飾，質樸無華，有時還以童謠、俗諺入詩。他的記遊詩同樣明白曉暢，如〈春日雜詩（之一）〉寫道：

> 極目春城夕照中，落花飛絮木棉風。
> 絕無衣被蒼生用，空負遮天作異紅。

這裡有夕陽，還有落花、飛絮、木棉，組成了一幅絕妙的風景畫。又如〈得頌臣臺灣書卻寄〉：

> 故人消息隔鄉關，花發春城客思閑。
> 一紙平安天外信，三年夢寐海中山。
> 波濤道險魚難寄，城郭人非鶴未還。
> 去日兒童今漸長，燈前都解問臺灣。

這不是一般的懷友思鄉之作，而是洋溢著愛國精神的勵志之作。尤其最後一句，眞可謂是編筐編簍全在收口上。

丘逢甲還寫有組詩，如〈元夕無月〉共有五首，下面是其中的第二首：

三年此夕無月光，明月多應在故鄉。
欲向海天尋月去，五更飛夢渡鯤洋。

「鯤洋」，即臺灣；「元夕」，即元宵節。此詩感懷傷事，情動於衷，讀之難忘。

丘逢甲不光寫政治詩，還寫寓言詩。如〈晨起書所見〉：

晨陰眄庭樹，有雀奉高枝。
老鴉爾何來，欲攫充朝饑。
雀驚飛且噪，乞救聲何悲。
一雀噪未已，百雀噪而隨。
雀亦有俠腸，不忍同類危。
群雀禦獨鴉，力小心則齊。
竟令遠引避，不敢復來窺。
惟獨力無大，惟群力無小。

嗟哉不能群，人而不如鳥。

這首詩寫鳥類的「內訌」，其中「老鴉」不妨視爲侵略者，「百雀」爲弱者老百姓。作者提倡「俠腸」，不忍看到人民受苦難。就這樣，作者寓重要的政治內容於其中，爲的是促使老百姓快點覺悟過來。此詩敘述多於抒情，雖有說理，但不枯燥，其主題是只有大眾同仇敵愾，才能戰勝強大的敵人。其中團結禦侮、驅逐列強的內容，感人至深。

作爲「古詩手」，丘逢甲的成就不亞於許南英等人；作爲「新派詩人」，丘逢甲與他的同鄉黃遵憲齊名。事實上，丘氏生前也被「新派詩人」黃遵憲、梁啓超引爲同調，其中梁啓超就曾盛讚丘氏爲「詩界革命之巨子」。（註六）柳亞子則說：「時流競說黃公度，英氣終輸倉海君。」對邱氏評價更高。

第四節　以理論著稱的連雅堂

連雅堂（一八七八～一九三六年），臺南人，名横，一字天縱，又字武公。一八九七年曾在上海聖約翰大學攻讀俄文，同年回到臺灣。二十一歲出任《臺澎日報》記者，又曾在《臺南新報》漢文部擔任主筆。光緒三十一年，全家返回廈門，主持《福建日日新報》。回到臺南後，又重新主持《臺灣新報》漢文部。光緒三十二年，連雅堂與趙雲石等十多人創辦「南社」。過了兩年後，移居臺中，在《臺灣新聞報》漢文部工作。

連雅堂是跨越兩個時代的作家。民國建立時，他仿效司馬遷到大陸十一省旅遊，陸續發表〈大陸遊記〉，出版有《大陸詩草》。一九三三年春天移居上海，直到在上海去世。

作爲作家，連雅堂的貢獻不僅在於文學創作，而且在文學主張方面頗有建樹。如臺灣新文學誕生前夕的一九〇六年，他就不滿臺灣詩壇的守舊，在南報提出「臺灣詩界革新論」。所謂「革新」，就是反對擊鉢吟的遊戲文章。一九二〇年，他將這一主張深化爲「文學革命」。這「革命」不是離開本土，而是形塑出新的「鄉土文學」。

宣統元年，連雅堂由林痴仙介紹加盟林明崧於一九〇二年（光緒二十八年）創辦的櫟社，加入後仍不改反對只有華麗外表而無眞摯感情詩作的初衷，以致引發某報記者陳忱山著文相駁，櫟社諸君子也加入論戰。這場論戰雖然時間只有一旬，但在詩壇上引發震撼。

連雅堂關於「臺灣詩界革新論」，其觀點是針對「非詩」的擊鉢吟。當時的臺灣詩壇無不是「擊鉢吟」的天下。連雅堂不顧眾人反對，以反潮流的精神提出不同看法，引發輿論界高度關注。透過論爭，大家對連雅堂的文學主張有了進一步的認識，連當初反對他的人後來也改變了觀點。

連雅堂的詩學主張不是純學術的，而是有一定的政治內涵。如他主張的「文學革命」，在某種程度上說是革日本侵略者宣傳的泯滅臺灣文化的「似我教育」與「同化主義」。他在〈雅言〉中說：

> 凡一民族之生存，必有其獨立之文化……臺灣今日文化之消沉，識者憂之，而發揚之，光大之則鄉人士之天職也。

連雅堂不唱高調，主張革新者必須立足本土，整理和使用富有生活氣息的「鄉土語言」。這鄉土語言包

括不是很偏僻的方言土語。用「臺灣山川之奇、物產之富、民族盛衰之起伏千變萬化」，作「小說之絕好材料」。（註七）

連雅堂不認爲凡是書面語言即「雅」，而認爲臺灣民歌、俚言俗諺、燈謎彈詞、楹聯乃至順口溜，文人都可以從那裡汲取營養。不妨採用拿來主義，作爲改進文風的最佳養料。

關於內容與形式的關係，連雅堂認爲在注重內容的前提下才可以講究形式。如果缺乏思想性，再好的形式也沒有意義。

連雅堂與他人不同之處，還在於有詩論著作問世。他於一九二一年完成的《臺灣詩乘》，自序云：「輿圖易色，民氣飄搖；侘傺不平，悲歌慷慨，發揚蹈厲，陵轢前人，臺灣之詩，今日之盛者，時也，亦勢也。」足見當時詩歌創作風氣之盛。該書全面梳理和總結了臺灣舊文學的發展歷程，填補了臺灣文學「古來無史」的空白。此書在體例上按傳統方式即年代編排。作者不是純客觀的記錄，而是在敘述中有自己的評價。該書評論面寬，總計二百多位詩人入選其中。無論在史料上還是學術上，均有較高的價值。

這位既是文學家，又是史學家的連雅堂，在民國九年完成了《臺灣通史》三冊，內含「藝文部分」和作家列傳。他對沈光文的評價，被文學史家多次引用。在《臺灣通史》〈藝文志〉，他提到：

> 臺灣三百年間，以文學鳴海上者，代不數睹，鄭氏之時，太僕寺卿沈光文始以詩鳴。

這就是後人爲什麼普遍認爲沈光文成爲臺灣文學鼻祖的一個重要原因。沈氏是第一個將文學的火種從神州大地帶到寶島的作家。這裡說的「文學」，是指中國舊文學尤其是古典詩詞，其時離不開一六五二年前後。

在詩歌創作上，連雅堂以律詩和絕句著稱，其長篇敘事詩具有敘事委婉、議論縱橫的特點，其文學筆記則有《雅言》、《啜茗錄》和《詩薈餘墨》，篇幅都不大。這些著作涉及到新文學與舊文學的關係、內容與形式的關係，對詩鐘和民間文學也有論及。書中評價敘事詩〈孔雀東南飛〉時，「注意力從文字記載擴大到民間口碑、從樂府擴大到彈詞、從詩人加工潤色之作擴大到歌女沿街賣唱之辭；從往古擴大到當今；從大陸擴大到臺島一隅。」（註八）這種開闊的視野和評價，令人耳目一新。

連雅堂爲振興走向衰落的臺灣文學運動而大力提倡漢文，創辦並主編每月一期的《臺灣詩薈》，另開辦有「雅堂書局」。也爲挽救臺灣話文瀕臨消失的命運，他著有《臺灣語典》。無論是他的創作還是理論，主持文壇的連雅堂「提倡風雅，使國土雖淪於異族，而國粹不淪於異化。」（註九）這就是說，連氏不僅是文學家，也是鮮明的反殖戰士，其開拓之功不可沒。

注釋

一　劉銘傳：《大潛山房詩抄》。

二　劉登翰等主編：《臺灣文學史》上卷（福州市：海峽文藝出版社，一九九一年），頁一九九。

三　江山淵：〈丘倉海傳〉。

四　丘菽園：〈五百石洞天揮麈〉。

五　連雅堂：《臺灣通史》〈丘逢甲傳〉。

六　梁啓超：《飲冰室詩話》。
七　連雅堂：《雅言》。
八　劉登翰等主編：《臺灣文學史》上卷（福州市：海峽文藝出版社，一九九一年六月），頁三一二。
九　廖一瑾：《臺灣詩史》（臺北市：文史哲出版社，一九九九年三月），頁三五三。

第二章　日據時期的經典作家

第一節　臺灣現代文學概觀

臺灣新文學發生於一九二〇年而非如王詩琅所說的一九二四年後（註一），也就是說，臺灣新文學的發生應以一九二〇年《臺灣青年》創刊爲標誌。

早期的臺灣新文學評論家蔡孝乾指出：「歐洲大戰以後，世界的思潮流到臺灣，給久在睡夢中的臺灣人，以一服的興奮劑，臺灣的啓蒙運動從此開始。」（註二）

這裡講的「世界潮流」，包含美國總統威爾遜發表的十四條和平條約及其高揚民族自決的原則。這種原則給臺灣知識青年帶來自由主義的良好風氣。一九一九年愛爾蘭所推行的獨立自治運動、幾乎同時發生的朝鮮人民爲爭取獨立以致發生流血的「萬歲事件」，另有俄國革命和中國大陸發生的「五·四」運動，均給封閉的臺灣吹來了一股新風。

這裡要特別強調以日本政治學者吉野作造於一九一六年所倡導的民主主義，以及在日本流行的馬克思文藝思潮、西方近代新派文藝新潮。嚮往民主主義和新思潮的臺灣知識青年，紛紛到日本留學，僅一九二二年留日學生就多達二千四百人。這些留學生不受臺灣總督府的束縛，發揚民族覺醒精神，多次在東京討論「臺灣今後將如何努力」的問題，企圖用外來的理論改造臺灣社會。

一九一九年八月，大陸的馬伯援和臺灣的蔡培火等人，發乎血濃於水的民族意識，成立了「應聲會」。在「應聲會」的基礎上，林獻堂又於一九一九年底將臺灣的留日學生再次聚合在一起，成立了極富啓蒙精神的「啓發會」，一九二〇年一月中旬，易名爲「新民會」。林獻堂爲會長，蔡惠如爲副會長。這不是純文化團體，而是帶有政治性的社團，這一百多人爲會員的「新民會」，其行動目標爲：

第一，爲增進臺灣同胞之幸福，從事社會政治改革運動。

第二，發行刊物，聯絡同志。

第三，圖謀與祖國同志接觸。

爾後開展的臺灣新文學運動，便成了臺灣新文化運動的重要組成部分。哪怕基礎還不夠雄厚，但該協會的成員仍雄心勃勃，在全用白話文並設有文藝專欄的《臺灣民報》及後來的《臺灣新民報》開展文化革新運動，其中首篇鼓吹日用文的論文作者爲陳端明，其代表作〈日用文鼓吹論〉發表於一九二二年一月出版的《臺灣青年》。過了一年，黃呈聰又在《臺灣》發表〈論普及白話文的新使命〉。這兩篇文章均列舉文言文的僵化罪狀，主張用新的語言制度取代它。眞正揭開臺灣白話文運動序幕的則是黃朝琴於一九二三年元旦在《臺灣》發表的〈漢字改革論〉。此文尖銳地指出了舊詩文「這種障礙比古代的萬里長城，更是堅固，比專制君主的野性更要危險。」（註三）

在臺灣推廣新文化及其新文學運動，離不開介紹中國的新思潮、新文化。一九二三年七月，許乃昌便在被稱爲「新文學運動的搖籃」（註四）的《臺灣民報》發表〈中國新文學運動的過去現在和將來〉，這是首次全面引介中國「五·四」文學革命的文章。

臺灣新文化運動從孕育到成長，極需理論指導，因而一九二四年三月，施文杞又充分利用《臺灣民報》這個陣地發表〈對於臺灣人做的白話文的我見〉，林耕餘則在同時同報發表〈對在臺灣研究白話文的我見〉與之呼應。至於蘇維新在一九二四年六月《臺灣民報》發表的〈二十年來的中國古文學及文學革命的略述〉，同樣是一起揭開臺灣新文學序幕的力作。

總之，臺灣新文學運動發生的背景，一是世界潮流的推動，二是《臺灣民報》的大力鼓吹，三是語言革新。至於臺灣新文學的分期，有各種不同的看法。其中在臺北帝國大學任教的島田謹二，在一九四一年發表了〈臺灣文學的過現未〉，把臺灣新文學分爲三個階段：

第一個階段是舊文學的漢詩、漢文的鼎盛時期，日本人和臺灣人雙方都推動了舊文學。

第二個階段是代替漢詩、漢文而俳句、短歌、新體詩逐漸變爲主體的時期，同時中國新文學革命給臺灣帶來了影響，臺灣人有白話文運動，但還沒有產生優秀的作品。

第三個階段是九一八事變後，臺灣文學有相當程度的發展，臺灣人的日文程度提高，出現了日文作品，但是這些日文作品還沒有成熟到高品質的程度。（註五）

這種分期有一定的合理性，但島田把臺灣文學視爲日本文學的組成部分，這帶有文化侵略的色彩。此外，他把臺灣文學看作日本的「外地文學」，其霸權心態昭然若揭。王詩琅沒有聽從這種意識形態甚濃的分期，他將一九二四年到一九三〇年以前稱之爲「萌芽時期」。第二期是一九三〇年到一九三六年的「高潮時期」。第三期是一九三七年開始中日戰爭前夕到日本投降爲「戰爭文學時期」（註六）。這裡把一九二四年改為一九二〇年就正確了。

日據時期的文學團體，先後有一九三三年六月成立由楊熾昌創立的「風車詩社」。此社於一九三六年夏天解散，其貢獻在於倡導不同於「擊缽吟」的新詩創作制度，為此他率先使用「現代詩」一詞，並揭起超現實主義旗幟，為五十年代紀弦倡導新詩再革命和洛夫實踐超現實主義打下基礎。一九三三年十月以臺南為活動中心的鹽分地帶文學團體成立。這種地域性文學的意義在於：改寫了以小說為主的臺灣文學史，而代之以詩歌為中心。一九三四年成立的全島性的組織「臺灣文藝聯盟」，是臺灣地區新的文藝制度下首次出現的聯合組織，哪怕對新文學的觀念內部有分歧，但在進行文化抗爭，推動進步文藝的發展和國際性的文化交流，以及對開拓臺灣作家的眼界，提升創作和評論的層次，引導文化抗爭的潮流，都功不可沒。

此外，戰爭時期有一種醜化中華民族、謳歌大東亞戰爭的「皇民文學」。它在臺灣文學發展史上不構成主流，作者主要有周金波、王昶雄、陳火泉等少數幾個人，其作品不到十篇，藝術上也顯得比較粗糙。葉石濤認為沒有「皇民文學」，全是「抗議文學」，（註七）這與文學史實不符。

要而言之，日據時期的重要作家有：新文學運動旗手張我軍、新文學之父賴和、承前啓後的吳濁流。此外，楊逵也是一位左翼先鋒作家，呂赫若、龍瑛宗、張文亦寫出不少優秀作品。

第二節　賴和：臺灣新文學之父

賴和（一八九四～一九四三年），彰化人，出版有《賴和全集》六冊。

賴和的幼年和少年時代是在滿清末年中度過，在日本政府的威脅下走過了艱難的一生。雖然當時他的身分不再是臺灣人，而是日本人。賴和於一九一九年七月前往福建廈門懸壺濟世。有了這次中國經驗，尤其接受「五・四」文學革命新思潮的洗禮，更強化了他的漢民族意識，這就是爲什麼他拒絕使用當局規定的日文，終生不改其志，堅持用中文寫作的原因。這裡講的「中文」，不是指文言文，而是新的白話文。賴和用這種新語言寫新詩、寫小說、寫散文。他有寬廣的胸懷，雖然反對文言文，但新詩舊詩他都愛。舊詩的格律儘管容易束縛思想，但在保存中華傳統文化時有積極的意義，因而他用另一支筆寫漢詩。他的漢詩總數有一千多首，新詩只有六十首。賴和的同鄉陳虛谷曾寫過〈贈懶雲〉：

平生慣作性靈詩，珠玉連篇不廢思；
藝苑但聞誇小說，世間畢竟少眞知。

懶雲是賴和的筆名。堅定的中華民族意識，使賴和和那些對祖國只有膚淺認識的人不同。他的「性靈詩」，承繼的是「五・四」反帝國主義、反封建主義的思想，堪稱經典的〈一杆「秤仔」〉的短篇小說，亦是最好的見證。這篇作品寫因生病而失去耕地的農民秦得參，借三元錢做賣菜小生意，因無錢買秤，只好向友人借，儘管這秤是新的，是一杆「官廳專利品」的標準秤仔，卻因巡查員索賄未得逞，索賄者一怒之下便將秤杆打折，還說其違反治安條例，又是罰款又是拘人，秦得參的老婆只好借錢贖人出來。這位窮人禁不住滿腔悲憤加仇恨，在深感「人不像人，畜生誰願意做。這是什麼世間？活著倒不如死了快樂」，終於在新年的夜晚與巡警同歸於盡。

一九三七年，賴和在回答應聘《臺灣民報》副刊主編黃得時的請教時，曾當場明確提出四點希望：

一　現在雖然在日本統治下，我們絕對不要忘記我們是中國人。
二　對於中國優美的傳統文化，不但要保存，還要發揚光大。
三　對於日人的暴政，盡量發表，尤其是日警壓迫欺負老百姓的實例，極力暴露出來。
四　對於同胞在封建下所殘留的陋習、迷信，應予徹底的打破，提高文化素質和水平。（註八）

這既有賴和的政治理念，同時也體現了他的文學追求。賴和一輩子所努力的，就是要讓文學成爲「民眾的先鋒，社會改造運動的喇叭手」、「忠忠實實地替被壓迫民眾去叫喊。」（註九）正是在這種思想指導下，在同胞抗日的鼓舞下，賴和的作品有鮮明的反日色彩。他毫不保留地揭露殖民者的凶殘與醜惡的面貌，呼喚人們爭取民族獨立自由的精神。一九三一年元旦，他寫了〈隨筆〉，藉郊外一塊名爲李公的墓碑，發掘一代代「島人」受欺淩的通性：

我們島人，眞有一個被評定的共通性，受到強權者的淩虐，總不忍摒棄這弱小的生命，正正堂堂，和他對抗。所謂文人者，藉了文字，發表一襲牢騷，就已滿足，一般的人士，不能藉文字來泄憤，只在暗地裡咒詛，也就舒暢。天大的怨憤，海樣的冤恨，是這樣容易消亡。「受勢壓李公」的子孫，也只是這種的表現，這反足增大弱小者的羞恥。讀到這碑文，誰會替你不平，去過責壓迫者的不是？

以小見大，見微知著，由一個人看到許多人，由一塊死的墓碑窺見活的歷史，這就是賴和的過人之處。

賴和的小說大都寫於一九二六～一九三七年，其中有寫底層人民的艱難處境，如〈辱？！〉、〈不幸之賣油炸檜的〉。〈可憐她死了〉則集中反映婦女問題，寫出養女制度、納妾制度給「她」帶來的災難。另一題材表現的不僅是來自經濟、也來自政治的壓迫和惡霸般的警察對老百姓的橫暴，如〈不如意的過年〉、〈惹事〉、〈豐作〉。其他作品也充滿了悲天憫人的人道主義精神。〈一個同志的批信〉、〈雕古董〉，則寫出了當代文人在黑暗中徬徨掙扎的處境。

一九二六年一月賴和發表的堪稱另一經典名作的〈鬥鬧熱〉，是最早批評封建社會迎神賽會流水地花錢，希望這種社會能得到改造。小說藉著鎮上老百姓的閑言碎語，反映村民們在媽祖生日的祭典比賽中，出現的無比熱鬧的場面。村民們一擲千金，這是一種可笑的愚昧行爲。作品明確寫出日本侵略的「那個時代」不可能捲土重來。在藝術上，賴和的作品沒有洋味，有的是濃濃的鄉土味。他不模仿現代派，注重作品的故事性和戲劇性。

賴和的新詩創作是「進行曲」而不是「小夜曲」。作於一九三〇年的〈流離曲〉，寫出了大批農民流離失所、背井離鄉的命運，對造成這種命運的殖民者給予狠狠的揭露，體現作者強烈的反叛精神。

一九二三年，賴和因治警事件首次身陷囹圄，雖然坐牢不到三十天，但透過這座「監牢大學」，賴和對社會有了更深層次的認識，也爲其創作提供了更好的題材。如一九二五年，他發表臺灣新文學史上的第一篇散文〈無題〉。一九四一年，他再次進牢房，在監牢裡度過了五十天，無論是精神還是肉體上，均受到很大的殘害。經典文學是怎樣煉成的？窮困、苦難、坐牢，正好鍛鍊人的意志，爲新文學出現偉大的作家打下基礎。

賴和爲臺灣新文學「揮下第一鋤」。正因爲他有這樣的功勞，所以榮任「臺灣文藝聯盟」常務委員長（後請辭）。他的作品常寫到吸毒、嗜賭、祖傳秘方這些舊社會、舊時代、舊人物所具有的國民劣根性。他下筆時，不是欣賞，而是批判。楊守愚於一九四五年爲賴和《獄中日記》所寫的序言中就說：「先生生平很崇拜魯迅，不但是創作的態度如此，即在解放運動一面，先生的見解，也完全和他『……所以我們的第一要著，是在改變他們（國民）的精神，而善於改變精神的，當然要推文藝……』。所以先生對於過去的臺灣議會請願，農民工人解放……等運動，雖也盡過許多勞力，結果，還是對於能夠改變民眾的精神的文藝方面，所遺留的功績多。」（註一〇）作爲賴和的同鄉，楊氏的評價一點也不「愚」，而是展現出智慧的光芒。因爲賴和的確是以改造國民性，作爲自己的崇高的使命。

賴和即「懶雲」，這是很平民化的筆名，故王詩琅對賴和的優點與短板看得很清楚：「賴和還保有大量的封建文人的氣質。」（註一一）賴和不是神，有封建文人的氣質不奇怪。正因爲有自知之明，所以他不僅努力克服自己的局限性，而且號召人民一起和封建文人氣質揮手告別。在〈歸家〉小說中，人們看到賴和對「涵養國民性」所持的不屑一顧的態度。作者對滋長封建習性的做法，一律加以否定。〈蛇先生〉則嘲諷了臺灣村民長期養成的封建迷信的惡習，如相信並不科學的治療蛇毒的草藥秘方。

賴和在新文學史上地位的確立，不僅在於他創作了富有叛逆精神的抗議文學、富有泥土味的鄉土文學，而且在於他堅持用白話文寫作，參與了揭開臺灣新文學運動的序幕，正如楊守愚所說，「賴和第一個把白話文的眞正價值具體地揭示到大眾之前的，便是懶雲的白話文文學作品。」（註一二）

一九三六年賴和被稱爲「培育了臺灣新文學的父親或母親」（註一三），即新文學之父。一九四三年，朱石峰在悼念賴和的文章〈回憶懶雲先生〉中，進一步明確賴和爲「臺灣新文學之父」和「中文作品介紹到（日本）中央文壇的第一人」。這一說法當時並沒有引起人們的普遍重視。一九五八年，有人甚至說賴和是臺灣共產黨，以致「毀令撤牌」強迫賴和退出忠烈祠。一九八四年平反後，「臺灣新文學之父」的說法才重新流行起來。賴和之所以獲得如此高的榮譽，除創作成就外，還在於他通過主持《臺灣民報》的「學藝欄」，一九三〇年又擔任該報新增的新詩專欄「曙光」之主編，栽培了不少文藝新秀。在賴和的精心編輯下，這兩個專欄發揮了很大的影響力。此外，賴和參與本地人辦的文學刊物《南音》、《臺灣新文學》，培養了大批文藝新軍。正如張恆豪所說：

> 賴和的創作影響了整個戰爭時期的臺灣文壇。陳虛谷、王詩琅正是在賴和寫實精神引導下崛起的。蔡愁洞、吳濁流、葉石濤則運用了賴和所慣用的反諷手法。楊華、楊逵、呂赫若，無不受到賴和堅強不屈的抗議精神的哺育。「可以說，臺灣新文學的扎根從賴和開始著手，而賴和的崛起才奠定了現代臺灣文學的基礎。」（註一四）

賴和對臺灣新文學的巨大貢獻，也可從彰化賴和紀念館挂書的說明可見一斑：

> 賴和胸懷磊落，正氣凜然，秉持良心和巨筆，指控日本帝國主義者對殖民地的苛酷統治，爲被壓迫的弱者伸張正義，給予挺身的反抗者熱切鼓舞，可說是位知行合一的知識分子，不僅被人公認爲一代仁醫，也被尊稱爲臺灣新文學之父。

第三節　吳濁流：承前啓後的文學里程碑

吳濁流（一九〇〇～一九七六年），本名吳建田，臺灣新竹人。一九六四年創辦《臺灣文藝》，他曾變賣家產設立民間文藝年度獎「吳濁流文學獎」，去世後由張良澤爲其編了六冊《吳濁流作品集》。

一九四三年到一九四五年，在日本侵略者統治下的臺灣萬籟無聲。吳濁流此時不顧個人生命危險，躲在新竹新埔鎮防空洞內寫出長篇力作《亞細亞的孤兒》，然後把手稿帶回家藏在廚房用來裝炭的簍子中。一九四六年出日文版的書名《胡志明》，只因爲這個書名巧合越共領袖胡志明的名字，恐怕引起不必要的聯想，才考慮再三將胡志明改爲胡太明，書名也易爲《亞細亞的孤兒》。新的書名是如此生動地刻畫出臺灣人民無法掌握自我命運的無奈與哀痛，臺灣人在中國大陸與日本之間「兩邊不是人」的「孤兒意識」，由此得到深刻的體現。改後的書名衍生出爭議不休的所謂「孤兒意識」，臺灣人由此引出的認同危機就這樣被定格化、經典化。

作爲臺灣知識分子典型的胡太明，其母語是客家話，他承襲祖輩的文化觀，自幼在私塾讀中文，後來又在師範學校求學，畢業後當小學教師時愛上了日本女同事內藤久子，他想像著對方曼妙的舞姿，然而久子內心的優越感，以致胡太明辭職到日本留學以提高身分，可來自中國大陸的留學生均瞧不起他，使胡太明倍覺孤立。返回臺灣找工作沒有著落，便決定遠赴大陸南京。這時大陸正處在抗戰前夜，官方常將臺灣人視爲日本間諜。在這種氛圍下，臺灣人只好隱瞞自己的出身，改稱是福建人或廣東人，而臺灣同胞之間只能用「番薯仔」作爲暗語。即使這樣，胡太明還是被人識破，被當作日本人的間諜而被捕，後來得到大陸學生的暗中幫助逃回臺灣。即使到了家鄉，胡太明仍無法洗脫間諜嫌疑。後來到了廣東前線，他親自看到日本人如何殘酷地殺害中國人，這給了他巨大的刺激，以致「神志已完全錯亂了，從此以後，太明便變成一個完完全全的狂人」而失蹤。作者最後用三百字左右交代胡太明下落，可這下落有多種版本和詮釋。

《亞細亞的孤兒》是臺灣人精神史上難以見到的「歷史文獻」，同時也是臺灣文學史上第一部深刻地表現臺灣人歷史命運的經典之作，民族悲情和哀痛在作品中表露無遺。其特點是：

第一，強烈的社會批判性。作者曾說過：「這本小說，我透過胡太明的一生，把日本統治下的臺灣，所有沉澱在清水下層的污泥渣滓，一一揭露出來，登場人物有教員、官吏、醫師、商人、老百姓、保正、模範青年、走狗等，不問臺日人、中國人各階層都網羅在一起，無異是一篇日本殖民統治社會的反面史話。」

第二，有濃郁的自傳色彩。作者精心設計人物和情節，其中最重要的是胡太明的成長過程和求學經歷，在許多地方和作者的生活遭遇相似，但這畢竟是小說，因而有虛構之處，如吳濁流並沒有像胡太明那樣留過學，也沒有在農場生活過，更沒有被徵調到廣東參軍的經歷。

第三，鄉土氣息和地方色彩突出。如胡太明的「孤兒意識」，打上了日據時代臺灣人思考的特點。作品雖然用日文寫成，但小說結構卻承襲中國傳統小說手法，以時間爲線索展開生活畫面。小說中寫的年節風俗，也是臺灣地區的特色。

第四，結尾的曖昧性。在戒嚴令實施的年代，吳濁流爲了保護自己，只好將主人公的命運寫得模稜兩可，這是避免文字獄災難所採取的策略，同時也是一種開放性的結構，給人留下無限聯想的空間。

此小說誕生以來引起各派的爭議，如彭瑞金認爲臺灣人與大陸人「其歷史與現實價値認同上有永難諧和的鴻溝……臺灣人必須認清自己是天朝所棄的孤兒」，不能對「祖國」抱幻想，應自主奮鬥下去。而呂正惠認爲「孤兒」是戰爭時期臺灣人處境的描寫，這種描寫不代表吳濁流的態度。作者通過塑造曾君這個人物，暗示臺灣人應投身於中國的抗日洪流中，因爲這是使「孤兒」回歸母親、臺灣回歸祖國，事關臺灣人命運的大事。（註一五）

吳濁流之所以成爲承前啓後的豐碑，還在於他在光復後完成了不少作品，如《黎明前的臺灣》、《臺灣連翹》，尤其不是小說而是自傳的《無花果》，它可視作一篇誠實且懇切的隨筆，對讀懂吳濁流著名小說《亞細亞的孤兒》有很大幫助。正如林海音所說：吳濁流不是一個麻木的「亞細亞的孤兒」，而是「一個鐵和血鑄成的男兒」。他寫自己的心聲，「也等於寫在日本竊據下臺灣人的心聲」。（註一六）像《無花果》用主要篇幅表現了日本軍國主義統治下知識分子的家族根源及其苦悶的後半生。作品沉痛地控訴了日本侵略者在政治、經濟、文化及人格上對臺灣人的壓迫和侮辱，尤其是給知識分子所造成的嚴重精神傷害。結尾部分描寫作者於戰爭末期在絕望中帶著憧憬，到祖國大陸尋求新的出路而後返回臺灣的心路歷程。

用新聞紀實方式報導臺灣民眾熱烈歡迎接收大員歡騰景象的《無花果》，也如實地寫出了國民政府在收復臺灣後政治、道德和紀律上的種種腐化現象，以及臺灣人民對國民政府的失望，這正爲「二・二八事件」埋下了伏筆。國民政府對《無花果》的不滿，正在於吳濁流用他那支無情的筆，對戰後政局和社會面貌的無情解剖，以及寫出了臺灣人民對當局的絕望和悲憤。

吳濁流一生爲臺灣文學奉獻自己的財力、人力。他在年邁的一九六四年，獨資創辦堅持了十二年半的《臺灣文藝》雜誌，培養了許多重要的作家。一九六五年他又創設「臺灣文學獎」，這個獎從第五屆起改名爲「吳濁流文學獎」。一九六六年，他捐出將近十萬元創立「吳濁流文學獎基金會」，當代的文壇名人如鍾肇政、鍾鐵民、陳映眞、李喬等人都全在吳濁流主辦的雜誌上發表過作品，並獲得「吳濁流文學獎」小說獎。吳濁流的無私貢獻，將永遠記載在臺灣文學的史冊上。

第四節　楊逵：傑出的現實主義作家

楊逵（一九〇六～一九八五年），生於臺灣臺南，本名楊貴。著有小說《靈簽》、《難產》、《水牛》、《田園小景》、《模範村》、《增產之背後——老丑角的故事》，劇作《父與子》、《豬哥仔伯》、《剿天狗》、《怒吼吧！中國》，另有散文、評論多篇。作品多收入《鵝媽媽出嫁》、《羊頭集》。

楊逵和賴和一樣，也是積極參加反抗運動的政治家和左翼文學的開拓先鋒。作爲臺灣文學史上的經典之作《送報伕》，楊逵這樣闡述其創作背景：

一九三二年前後臺灣抗日民族運動的各種組織都被破壞，好多人被捕，雜誌被禁停刊，一切公開活動都被迫停止，也許就是我最失意和潦倒的時候。但是生活上最潦倒的時候，卻是我寫作熱情的盛季，生活環境的困難並不表示精神的潦倒，《送報伕》就是在這種環境下寫出來的。（註一七）

爲了糊口，楊逵做過郵差、保潔員、挑土工、小商小販、園藝工、搬運工，文化方面則做過編輯。這多種職業，有利於他反映被壓迫被剝削的勞苦大眾的生活，尤其是注重反映下層人民的反抗精神。

楊逵早年用日文寫作，其文體有小說、散文、評論。即使在坐牢時，他也堅持創作，寫有一些中文劇本，他最著名的也是臺灣文學史中的經典之作《新聞配達夫》也就是《送報伕》，於一九三四年入選日本東京《文學評論》二等獎（一等獎從缺）而成名，成爲第一個進入日本中央文壇的臺灣作家。這篇小說係藉東渡日本謀生的楊君擔任送報伕被老闆盤剝得血本無歸的遭遇，揭露了世界性的資本主義經濟危機如何給人民帶來災難；藉楊君的父親爲抵制日本製糖會社強行徵用土地而被警察毒打導致家破人亡的慘狀，控訴了日本殖民者的法西斯罪行。文學史家葉石濤認爲《送報伕》在當時「無論從其文字技巧和內容而言都達到日本文壇的水準，同時也是所有反帝反封建爲主題的臺灣小說集大成。」

楊逵寫於綠島服刑時期的作品〈春光關不住〉，於一九七六年改名爲〈壓不扁的玫瑰花〉，被收錄進國民中學的國文課本，這是日據時期臺灣作家創作的作品第一次進入教科書。

作爲傑出的現實主義作家楊逵，其作品不僅有憤怒的一面，也有深刻的一面。如《送報伕》不滿足於揭露和控訴，而且還運用階級分析的方法，指出日本人中也有好人，如田中君對楊君一直保持著友好的關係：在最困難的時刻，向其伸出援助之手不求回報。臺灣人中也有像楊君的哥哥那樣爲虎作倀者。

正如伊藤對楊君所說的：「叫你們吃苦頭的，也同樣叫我們吃著苦頭。他們是同類，是我們共同的敵人。」所以，「我們唯一而最好的法子就是團結，團結才有力量」。在這裡，團結已不分國界，不分民族。作者強烈希望殖民地人民與帝國主義國家的人民結盟，一起和資本家做鬥爭，以反抗「一樣的畜生」。這裡表現了高度的民族主義與樸素的國際主義相結合的精神境界，以圖將社會現象的描寫提高到歷史變革的高度，顯然打上了激進的左翼文學思潮烙印。

楊逵本人最滿意的小說除《送報伕》外，還有《鵝媽媽出嫁》、《模範村》，劇本他最看重的是《牛犁分家》。他認爲文學創作除了反映時代精神外，還要進一步帶動時代。這就是爲什麼他的作品中的人物，大都思想明確，意志堅定，作品閃耀著理想的光芒。楊逵雖然不是浪漫主義作家，但深知寫實主義不排除幻想，不排除理想的照耀：楊逵說文章以反映現實的社會爲目標……文章應該排除虛幻頹廢……啓發面對現實，作生活感情與思想動向的具體描寫。（註一八）他又認爲：

> 人是尋出路的動物，不管生存環境如何黑暗艱苦，但總有一條路可尋，使得我對整個臺灣，整個中國，整個世界關心……我深覺黑暗是要過去的……光明是永遠不會消失的。（註一九）

如《送報伕》中的楊君，忍受著家破人亡的苦痛，決心回臺灣完成改造社會的使命。在結尾中作者這樣寫道：「我滿懷著信心，從巨輪蓬萊號的甲板上凝望著臺灣的春天——這寶島，在日本帝國主義的統治下，表面雖然裝得富麗肥滿，但只要插進一針，就會看到惡臭逼人的血膿的迸流！」（註二〇）小說洋溢著一種昂揚向上的調子，激勵著人們勇往直前向社會「插進一針」，同心協力去排除「惡臭逼人的血膿」。

楊逵小說中剛毅的知識分子形象，與吳濁流筆下某些徘徊不定的蒼白知識分子形象是有重大差別的。《模範村》的結局也有一種催人向上的力量：「他自言自語地站了起來，山後一道霞光，已經透過窗口射了進來。」（註二二）在後期作品中，理想主義的光芒往往和象徵主義手法結合在一起，如〈春光關不住〉出現的玫瑰花：「被水泥塊壓在底下的一棵玫瑰花，竟從小小的縫間抽出一些芽，還長出一個拇指大的花苞」，這分明象徵著在日本軍閥鐵蹄下不屈不撓的臺灣人民的堅強意志。這種堅守的姿態，正是對四面碰壁下產生的普羅文藝理論做出的正面回應。

楊逵有關臺灣文學在中國文學史上的特殊地位的論述，以及對民族分裂主義的批判，均說明楊逵不只是一位優秀的社會寫實作家，同時也是一位精通社會科學、具有敏銳的政治嗅覺和思想洞察力的左翼文學評論家。他又是光復初期當之無愧的重建臺灣新文學的旗手。在自己創辦的刊物上介紹祖國大陸左翼文學的作品和理論，並努力將其出版，使其成為臺灣本土作家與大陸接收文人共建臺灣新文學的靈魂人物。過去，有人批評臺灣文學技巧稚嫩與生存的困境和寫作的艱難，以今日「後現代」、「後殖民」的觀點自然無法瞭解賴和的偉大和楊逵的崇高。世人應充分肯定楊逵不僅在臺灣文學史上有重要地位，而且在中國現代文學史上也是一座豐碑。他是值得人民永遠紀念和崇敬的臺灣左翼文學的開拓先鋒。

注釋

一　王詩琅：〈半世紀來臺灣文學運動〉，《旁觀雜誌》第十六期（一九五一年十二月）。

二　蔡孝乾：〈臺灣的社會運動〉，《臺灣民報》第一八六號（一九二七年十二月十一日），頁二。

三　黃朝琴：〈漢字改革論〉，載《臺灣》第四卷第一號（一九二三年一月一日）。

四　梁明雄：《日據時期臺灣新文學運動研究》（臺北市：文史哲出版社，一九九六年），頁三一一。

五　島田謹二：〈臺灣文學的過現末〉，《文藝臺灣》第二卷第二號（一九四一年五月）。

六　王詩琅：〈半世紀來臺灣文學運動〉，《旁觀雜誌》第十六期（一九五一年十二月）。

七　葉石濤：《臺灣文學的悲情》（高雄市：派色文化出版社，一九九〇年），頁一一二。

八　黃得時：〈臺灣新文學的播種者——賴和〉，原載《聯合報》一九八四年四月五日。引自《賴和研究資料彙編》（上）（彰化縣：彰化縣立文化中心，一九九四年六月出版），頁二四三～二四四。

九　賴和：〈希望我們的喇叭手吹奏鼓勵民眾的進行曲〉，載《臺灣民報》第三四五號，一九三一年一月一日。

一〇　楊守愚：《獄中日記》〈序言〉，收於林瑞明主編：《賴和全集》〈雜卷〉（臺北市：前衛出版社，二〇〇〇年），頁六。

一一　王錦江：〈懶雲詩論——臺灣文壇人物論（四）〉，《臺灣文學》第二〇一號（一九三六年八月），後收入李南衡主編：《賴和先生全集》（臺北市：明潭出版社，一九七九年）。

一二　楊守愚：〈小說與懶雲〉，《臺灣文學》第三卷第二期。

一三　王錦江：〈賴懶雲論——臺灣文壇人物論（四）〉，《臺灣時報》第二〇一號（一九三六年八月）。

一四　張恆豪：〈覺悟下的犧牲——賴和集序〉，《臺灣作家全集．賴和集》（臺北市：前衛出版社，一九九二年七月版），頁四十六。

一五　呂正惠：《殖民地的傷痕——臺灣文學問題》（臺北市：人間出版社，二〇〇二年六月）。

一六　林海音：〈鐵和血和淚鑄成的吳濁流〉，臺北市：《臺灣文藝》第五十六期（一九七七年十月）。

一七　梁景峰：〈楊逵訪問記——我要再出發〉選自《夏草》第一卷第七期（一九七六年八月）。

一八　張恆豪編：《臺灣作家全集．楊逵集》（臺北市：前衛出版社，一九九一年）。

一九　張恆豪編：《臺灣作家全集．楊逵集》（臺北市：前衛出版社，一九九一年）。

二〇　張恆豪編：《臺灣作家全集．楊逵集》（臺北市：前衛出版社，一九九一年）。

二一　張恆豪編：《臺灣作家全集．楊逵集》（臺北市：前衛出版社，一九九一年）。

第三章　光復後的經典作家

第一節　臺灣當代文學輪廓

如果說，一九二〇年之前臺灣的文學稱之爲「古典文學」、「近代文學」或「舊文學」，那一九二〇年之後則可稱之爲「新文學」，共分爲五期：

第一期爲光復後的一九四五年八月至國民政府遷臺前的一九四九年。這是個過渡期，所走過的是由「去日本化」到「再中國化」的過程。日據時期臺灣作家被迫用日文寫作，日本戰敗後由過去廢除漢文改爲廢除日文，作家們重返漢語筆耕。由於日據時期的大多數作家早已習慣用日文寫作，現在突然要使用中文，一時無法適應，故這一時期雖然不能說文學園地荒蕪，但好的作品畢竟很少。

這個時期的文學有三大特點：一是用日文寫作的作家逐漸淡出，二是像《臺灣新生報・橋》這類副刊均由外省作家掌控，三是臺灣新一代的作家正在醞釀興起。

第二期爲一九五〇年至一九六九年，「戰鬥文學」是這一時期的主旋律。當局高喊「反共抗俄」，還說要五年之內光復大陸，因而制定了「當前文藝政策」，把作家們緊緊綁在政治戰車上。這時期的反共作家有葛賢寧、朱西甯、王藍、段彩華、王祿松、鍾雷、陳紀瀅、趙滋蕃、尹雪曼、潘人木等人。這時期「戰鬥文學」固然占上風，但不等於大家都在炮製《漣漪表妹》、《華夏八年》、《女匪幹》等反共作品。也有不願意捲入其中的林海音和少數會用中文寫作的省籍作家。

第三期爲一九七〇年至一九八六年。這時期當局不再高喊反攻大陸，而把主要精力放在經濟建設上，使資本積累達到臨界點，爲「臺灣奇蹟」的來臨打下基礎。這一良好經濟環境有助於促進文學的生產，接受國民黨教育的青年作家已開始成長，他們不像賴和有被殖民的經驗，也不似他們的父輩有國共內戰的切身體會。這些作家開始擁抱和認同臺灣土地，要求文學不要遠離生我育我的土地，應重視現實，作品要有泥土的芬芳。在題材上，都市、環保、政治是他們書寫的主要對象。在新詩方面，則不滿足於寫實，還要求向西方學習。由於文學觀念的不同，這時期發生了現代詩論戰、鄉土文學大論戰。這次的鄉土文學大論戰，不同於三十年代的臺灣話文論爭，而是兩種意識形態的對決，其影響遠遠超過文學範圍。

第四時期爲解除戒嚴後的一九八七年至一九九九年。隨著黨禁、報禁的解除，以及刑法一百條的壽終正寢，臺灣不再有強人政治，支配社會的「剛性」在向「柔性」轉化，表現在創作上，後現代文學正式登場。人們的新視野與新觀念的擴展，種族、族群、性別、階級問題浮出水面，這種質疑與多元的特色帶動了整個社會朝自由化方向發展。在臺灣社會發展中，大概還沒有一個任何時代的文學顯示過如此巨大的力量，它傳達了本土化歷史的必然要求。可以說，由八十年代開始的這股自由、開放、多元的潮流，還有那些宣揚「生活爲了性愛，性愛即是生活」的情色作品，直接衝擊到統治者自戰後以來所締造的威嚴的文化體制，最終導致「自由中國文壇」的崩盤。

第五時期爲一九九九年至當下。如果說二十世紀光復後的臺灣文壇最重要的事件是「自由中國文壇」的建立與崩盤，那「臺灣新世紀文學」最重要的價值取向是「中國臺灣文壇」幾乎不見蹤影，眾多作家不再堅稱或不願稱自己是中國人和中國作家。和九十年代相比，臺灣文壇上的「中國作家」少了，

「臺灣作家」多了；得獎作品多了，經得起時間篩選的名著少了；文學事件多了，作品的含金量少了；副刊的時尚味濃了，文學味卻淡了。

當然，「臺灣新世紀文學」不是從天上掉下來的，它和上世紀的臺灣文學尤其是八、九十年代的文學有一定的承繼與聯結關係。在上世紀，臺灣文學的本土化論述在向臺獨論述過渡；到了新世紀，這一論述不僅成爲本土作家的主流意識形態，也逐漸被一些外省作家所吸納，即「臺灣文學」成了與大陸無關的具有獨立性的「中華民國文學」。可見，「臺灣新世紀文學」與政治有諸多地方在重疊和交合。

新世紀的臺灣文學出現的新質有：「新臺灣寫實」及新鄉土小說的誕生、「後遺民寫作」、奇幻文學風潮、小說中出現的「後人類」情景、典範轉移與作家全集出版、《臺灣文藝》吹熄燈號、副刊的娛樂性和話題性在擠壓文學性、散文與小說界限不明、「同志文學」熱潮降溫、後殖民理論式微、國民黨遷臺——一甲子的歷史記憶以及馬華作家在臺灣的論述。所有這些，促使「臺灣新世紀文學」和二十世紀臺灣文學的不同在於期盼從文本到語言的激烈變革，期盼副刊格局不再固定於上世紀《中央日報》守舊、《中國時報》前衛、《聯合報》持中、《自立晚報》本土，期盼從形象塑造到文壇結構的重新洗牌，期盼用散文尤其是回憶錄去取代小說的霸主地位，期盼長篇小說時代的來臨，總之是期待突破上世紀文學的規範和權利分配，期盼在創作上尋找與新時代相適應的表達方式。這種表達方式其中有一種叫臺語文學。這種文學寫得成功的不多，且爭議甚大。

總之，臺灣當代文學儘管新舊雜陳，游移不定，但不管怎樣，它內含「政治時間」、「文學時間」。所謂「政治時間」，是指解除戒嚴以來臺灣的政治體制、思想體制、文化體制所發生根本變化。所謂「文學時間」，是指上世紀文壇是以外省作家爲主，發展到新世紀，本土作家已逐漸從邊緣向中心過渡，這是當代臺灣文學的重要走向。如同中國文學學科一樣，臺灣文學作爲一門分文學科的發展，階段性特點及其譜系流變，無不反映了「政治時間」所帶來的時代變化的印痕，表現出轉型期「文學時間」所帶來臺灣文學學科發展的前進軌跡。

第二節　林海音：懷鄉文學的代表

林海音（一九一八～二〇〇一年），原名林含英，原籍臺灣苗栗，生於日本。五歲隨雙親到北京居住了二十五年，一九四八年十一月回臺灣，一九五三年出任《聯合報》副刊主編。出版有《作客美國》、《剪影話文壇》、《生活者》等散文集，《曉雲》、《城南舊事》、《春風麗日》等小說集，另有劇本、兒童文學集，《林海音文集》五冊。

一九四九年底國民黨兵敗大陸遷臺後，不少流亡學生和隨軍到臺的文化人，身在異鄉心懷故土。他們希望「反攻大陸」早日成功，但這種希望越來越渺茫，懷鄉文學由此在一九五〇年代流行起來，一直到一九六〇年代形成高潮。鑑於眷戀大陸有時會被視爲親「匪」或中共同路人，故這些作家將懷鄉與反共聯繫在一起，如司馬中原、朱西甯的作品，因而又稱作「反共懷鄉文學」。也有意識形態色彩較淡，純是對故鄉風物的描繪，如林海音的《城南舊事》。或把憶舊與批判現實結合在一塊，如聶華苓的《失去的金鈴子》。另有一些作品常通過寫往日紙醉金迷的生活來填補內心空虛，如白先勇的《思舊賦》。最後一種是下層流亡者的絕望歌哭，代表作家有潘人木等。在兩岸開放探親後，這種文學又演變爲探親文學。

林海音的創作生涯有近半個世紀，她寫作了大量的散文和兒童文學。後來林海音將創作重心轉向小說，一九六〇年出版了的《城南舊事》，被譽爲「懷鄉文學」的代表作。「城南」是大陸的城南，它指明故事發生的空間。「舊事」是指故事發生的時間。作者在該書序中寫道：「我是多麼想念童年住在北京城南的那些景色和人物哇！我對自己說，把它們寫下來吧：讓實際的童年過去，心靈的童年永存下來。」

《城南舊事》由五個相對獨立性的短篇〈惠安館〉、〈我們看雲去〉、〈蘭姨娘〉、〈驢打滾兒〉、〈爸爸的花兒落了〉合成。這五篇小說，其中以貧困人家做題材的占了三篇，〈蘭姨娘〉也是寫不幸的女人，最後一篇才寫自己的父親。當《城南舊事》拍成電影時，大陸評論家強調該作品對下層人民的同情，臺灣右翼文人認爲這是藉林氏作品宣揚階級矛盾和階級鬥爭，其實林海音並不是具有鮮明階級意識的作家，但她注意寫眞實，從自己的觀察出發反映階級同情，是大陸學者發現了林海音作品的另一種認識價值。

離不開歷史文化和人情風俗的《城南舊事》，以小姑娘英子的眼睛觀察大千世界，描繪出一幅具有地方特色的北京風俗畫。小說的素材來源於作者本人的經歷：她十三歲失去父親，和母親一起維繫還有六個弟妹的家庭，但經過加工提煉，具有更大的概括性。作品以兒童視角切入，如下面一段：

> 媽媽啊！你爲什麼又提起那件奇怪的事呢？你們又常常說，哪個是瘋子，哪個是傻子，哪個是騙子，哪個是賊子，我分也分不清。就像我現在抬頭看見窗外藍色的天空上，飄著白色的雲朵，就要想到國文書上第二十六課的那篇我們看海去：

我們看海去！
我們看海去！
藍色的大海上，
揚著白色的帆。
金紅的太陽，
從海上升起來，
照到海面照到船頭。
我們看海去！
我們看海去！

這便使人誤爲兒童文學作品，其實作品主要是寫秀貞、蘭姨娘、宋媽及小偷這些大人的故事。這些人物既不是中上層社會的異類，也不是一般的勞苦大眾，故小孩才不會另眼看待他們。《城南舊事》這種題材既滿足了流亡到寶島的老北京人的心理，又迎合了臺灣讀者希望瞭解大陸的好奇心。後來通過電影的改編，使林海音的名字幾乎達到家喻戶曉的地步。

林海音不論是刻畫人物還是再現環境，都浸透著深摯的離緒與戀情。《城南舊事》的取材雖然不是她的原鄉臺灣，但她從北平引發的鄉愁是如此的濃烈，是如此打動讀者的心靈。

林海音還於一九六三年出版了小說集《婚姻的故事》，一九六七年出版了《春風麗日》，這些小說沿著《城南舊事》的思路，以思鄉作爲切入口，但對思鄉情感沒有像洪水泛濫那樣鋪展，仍然表現了她對中國女性命運的強烈關注和深沉的思考，其中有帶悲劇色彩的是有關女性的生存史。林海音寫她們的奮鬥，寫她們的掙扎，寫她們的喜怒哀樂，爲的是批判封建制度及其文化，和對男權話語進行反思。

林海音走上創作道路，無疑受過冰心、淩叔華等人的影響，但她的作品並沒有「可遠視，不可近聞」的淑女氣質。其作品不存在貴族味，也沒有書卷氣，有的是北京的豆汁味、四合院的泥土味。她那些廣爲傳誦的名著，離不開家庭——尤其是小孩、女人、婚姻的描寫。由於觀察入微，各種生活場景和細節她都能如數家珍表現出來。

林海音不僅是出色的作家，而且是傑出的編輯家。她於一九五一年出任《聯合報》副刊主編，培育了眾多文學新人。像文壇重鎮黃春明、七等生、林懷民，均受過林海音這位文壇保姆的哺育。

作爲自由派作家的林海音，她那些以家庭、愛情、婚姻爲題材的作品，以及以《城南舊事》爲代表的「懷鄉文學」，皆與臺灣主流文藝保持一定距離。她對「五·四」傳統的關注和承傳，對本土作家的提攜，以及突破禁區在《純文學》雜誌上介紹大陸二、三十年代的作家，均是臺灣文學歷史的一部分。

第三節　葉石濤：本土文學論宗師

葉石濤（一九二五～二〇〇八年），臺灣臺南人。一九三一年接受日文教育，一九四三年畢業於州立臺南二中，後任日文《文藝臺灣》助理編輯，光復後返鄉任國民學校教師。一九六六年畢業於臺南師專，以後一直任小學教師，出版有《葉石濤全集》。

葉石濤把創作小說看成天職，把寫作文藝評論只看成茶餘飯後的消遣，但他在後者所取得的成就遠遠大於前者。他的評論範圍廣泛，除評論臺灣作家外，還評論、譯介外國作家，兼治文學史和文學理論。其中評論最多、影響最大，最能代表他評論水平的是對鄉土作家作品的評論。他先後寫過上百篇文章，幾乎將光復以來的重要本土作家一一作了評論。此外，他還有不少專題評論和斷代評論、大量的文學回憶錄和雜文隨筆。

葉石濤的文學評論，具有如下幾個特點：

一是把文學評論看作是批判政治、批判社會、批判經濟的一種武器。

二是大力張揚鄉土文學，評論對象多為本土作家。由高揚鄉土文學旗幟導致葉石濤對本土作家的偏愛，這充分體現在他選擇的評論對象，幾乎是清一色的本省作家。

三是以寫實主義作為自己的評價標準。寫實主義是葉石濤的創作方法，也是他從事文學評論的重要標尺。他所主張的寫實主義，並非現代歐美作家肆無忌憚地在作品中所追求的那種肉體、精神兩層面的無窮盡的異常性，而是像十九世紀的偉大作家巴爾扎克、史當達耳、迭更司、托爾斯泰、普希金和果戈裡那樣以批判的眼光觀察現實，以冷靜透澈的描寫同被殖民的、被封建枷鎖束縛的人民打成一片，去描寫民族的苦難。除「批判性」外，葉石濤還強調寫實主義的理想性。

更具影響力的是葉石濤首創「臺灣意識」這一概念。他在一九七〇年代後期鄉土文學論戰時提出的這一概念，一直成為一九八〇年代眾多鄉土作家詮釋臺灣文學的理論支柱。如果說一九八〇年代的臺灣本土文學批評界有南北派之分的話，葉石濤無疑是南派的領袖人物。儘管他發明的「臺灣意識」概念由於內涵不清，以致被人誣陷為口談臺灣文學，實際上是攻擊鄉土作家。（註一）但更多的激進鄉土作家，喜歡從葉石濤提出的「臺灣意識」概念中加上自己的色彩，做「補苴罅漏，張皇幽眇」的工作。

葉石濤文學評論最具影響力的集中體現在他用三年完成而成爲一九八六年轟動臺灣文壇十件大事之一的《臺灣文學史綱》中。

這是首次出現的比較完整、有一定學術價值的臺灣文學史類著作。在此之前，大都是史料、論文和斷代史，如王詩琅的《臺灣新文學運動史料》（註二）、黃得時的《臺灣新文學運動概觀》（註三）、陳少廷的《臺灣新文學運動簡史》（註四）。後者從「五·四」運動寫至抗戰勝利期間，而葉石濤的《臺灣文學史綱》則比上述論著有極大的突破。從時間框架看，雖曰「史綱」，卻已勾勒出臺灣文學發展的概貌。作者從十七世紀中葉明鄭收復臺灣帶進中原文化寫至一九八〇年代，縱貫三百餘年。這種寫法，打破了過去修史只寫到前代而不涉及當代的慣例，從而塡補了中國文學史研究的一大段空白。

這是一本純粹由作家寫的文學史。作家寫文學史與學者寫文學史的一個重要區別，是作家的目中所見、心中所想與學者不完全相同。作爲一個鄉土作家，葉石濤一貫高舉的旗幟是「土地和人民」，這充分體現在這本書中對鄉土派作家及鄉土文學論爭的評價，對作品的藝術分析也能做到深入淺出，發人之所未發。作爲前行代作家，該書不少細節乃根據著者個人回憶，具有歷史見證的價值，使這部《史綱》帶有濃厚的「自傳」色彩。此書的文筆比較優美，沒有學院派的書卷氣。

葉石濤在《史綱》研討會上自稱「是站在現代臺灣人的立場，是以一九八〇年代臺灣文化人的立場來看臺灣文學的」。（註五）這裡講的「現代的臺灣人當然是指在臺灣的中國人，裡面包括了很多種族、多元化的思考形態等。」（註六）正因爲是「現代臺灣人」的立場，所以著者力圖爲臺灣文學追源溯本，力圖描繪出臺灣文學的發展歷程、力圖闡明臺灣文學的精神傳統，尤其是「闡明臺灣文學史在歷史的流動中如何地發展了它強烈的自主意願，且鑄造了它獨異的臺灣性格」。（註七）《史綱》和葉石濤的文學評論一脈相承之處，在於強調文學與社會的聯繫，文學對大眾所引起的作用。「尊重史實，維護傳統」、「認同土地，服務人民」，這是《史綱》的重要特色。葉石濤私家治史，難度最大的是材料浩如煙海，評論作家的文章卻少得可憐，傳記資料也殘缺不全。要在這種基礎上爬羅剔抉，其艱巨程度可想而知。至於書中有許多年代的空白，那是因爲當時還有諸多禁忌未完全解除。

在《史綱》殺青的一九九二年，葉石濤的文學觀來了一個劇變，這是後話。

第四節　鍾肇政：大河小說第一人

鍾肇政（一九二五～二〇二〇年），原籍廣東，臺灣桃園人，從小接受日文教育，戰後從頭學習中文，歷任《民眾日報》副刊主編、《臺灣文藝》雜誌社社長、臺灣筆會會長。

鍾肇政爲臺灣「大河小說」創作第一人。「大河小說」與其他小說最大的不同點，第一是其中深厚的歷史意味，故事發生的背景往往設定在某個變動劇烈的歷史大時代；第二是其敘述是以一位主角或一個家族爲中心主軸，利用一人或一家貫穿連續的經歷來鋪陳、突顯過去的社會風貌；第三是會以較多的篇幅處理社會背景以及當時日常生活中的種種細節。第四是其敘事綿綿不斷，好像可以和時間一般永續不斷，一路講下去成就了的不止是長篇小說，更是特大號的超級長篇。（註八）

鍾肇政出版於一九六二～一九六九年的《濁流三部曲》，由《濁流》、《流雲》、《江山萬里》組成。描寫臺灣青年陸志龍如何困惑於日本人的認同，又如何在歷史的流轉中探索自己新認同的心路歷程，反映一九四三～一九四六年臺灣社會從太平洋戰爭爆發到「皇民運動」大規模開展的變遷面貌。

鍾肇政「大河小說」代表作是一九六八～一九七六年推出的《臺灣人三部曲》，包括《沉淪》、《滄溟行》、《插天山之歌》。這是具有明確歷史背景的長篇鉅著。作者聲稱要獻給「我的故土」，但一九六四年開始寫作的第一部《沉淪》在「故土」發表時，就不順利。當局看到「臺灣人」三個字，就認爲是臺獨的符號，故被腰斬。這是鍾肇政剛走上文學道路就想寫的長篇，其中心主體爲挑戰半個世紀來臺灣成爲日本殖民地這個殘酷的現實，無非是借用長篇形式表現臺灣人民的苦難史。這苦難史，分爲初葉、中葉、末葉三個段落，每個段落寫成三十萬字，各自獨立。作品來源於現實，以作者的宗族爲背景，用以構成陸家的家族史。說是獨立，其實人物是連貫的，只是情節「各自爲政」而已。應指出的是，歷史在作品中不是主體，那段歷史發生的故事才是文本的主體。故事藉由姓陸一家三代人發生的事來表現。陸家的人和事，有作者虛構的成分，其成功與否也在虛構上見真諦。也就是說首部人物的子侄輩，在第二代長大成人後成了主要角色，第三部則以下一代人爲主。

這裡說的陸家三代人，儘管不等同於同一家庭的父子孫三代，但與創作初衷並不違反。具體來說，小說第一部由陸家信、仁、綱三代人共同構成，另還有長工、採茶女工、抗日英雄等數十人；第二部是「維」字輩，著重寫維棟、維梁兄弟及其村民；第三部改爲「志」字輩，突出陸志驤一個人。無論哪一部中途寫作或有改變，均與作品描寫半世紀以來日寇統治臺灣前期、中期、末期的構思相符合，也就是說用三代人的家族史和歷史事件相呼應。正如鍾肇政所說：「這部長篇反映了臺灣人民反抗殖民統治歷經半個世紀所走過的武裝反抗、民主運動、臺灣光復三個階段，表現了臺灣人民英勇抗擊日本法西斯的戰鬥精神，是一部形象的臺灣近現代史。」作品不僅人物眾多，而且結構宏大、場景豐富、氣勢雄偉，全面地反映了臺灣人民的命運與歷史悲情，堪稱史詩般的文學結構，難怪被香港《亞洲周刊》選入「二十世紀中文小說一百強」。

《臺灣人三部曲》既是歷史小說，也是寫農民問題的小說，作品寫臺灣北部山區客家人的生活，第二部重點寫的是農民運動。這農民運動也就是抗日運動。鍾肇政說得好：「一部五十年臺灣淪日史，也就是臺灣抗日史。臺灣光復已二十多年，這部斷代史至今猶未見公諸於世。說起來這是一樁令人遺憾的事。即連本書做爲時代背景的乙未年臺灣抗日史，也未見有較完整的史料記述。」「在這一部裡，我已經爲第二部伏下了幾筆。第二部的主要人物，有的已呱呱落地，有的尚未降生，但都已經呼之欲出，讀者們當不難一一指認。但是慚愧的是我至今還沒有關於第二部的具體的構想和寫作計劃……」（註九）這裡一再強調「抗日」，體現了作者的愛國主義精神。

關於鍾肇政《臺灣人三部曲》的歷史定位，彭瑞金在〈追尋、迷惘與再生：戰後的吳濁流到鍾肇政〉有云：

「日據題材」小說應以鍾肇政的《臺灣人三部曲》算是集其大成，雖然這是七十年代以後完成的作品，但是它和《亞細亞的孤兒》象徵著先行代作家作品的總結一樣，是第一代作家結束迷惘之海漂流所攀援到的一根巨木。《臺灣人三部曲》中所肯定的昂首挺胸的臺灣人，也有一掃吳濁流凄涼的孤兒意識的意義。（註一〇）

時代在前進，鍾肇政當然不可能重複吳濁流。正因爲他超越了吳濁流的「孤兒意識」，所以才能成爲「大河小說」的代表性作家。

和葉石濤一樣，鍾肇政也是臺灣本土文學的提燈者。所不同的是，他的行動比葉石濤早。在白色恐怖的五十年代，鍾肇政用《文友通訊》的方式把當時在文壇上露臉的本地作家陳火泉、李榮春、鍾理和、施翠峰、鍾肇政、廖清秀、許炳成等人初步組織起來。在首次與文友通訊時，鍾肇政爲臺灣作家作出定位：「我們是臺灣新文學的開拓者」，「臺灣文學要在世界文學占一席之地是我們的責任」（註一二）。當時反共文學占主流地位，活躍在第一線的作家是官方支持的軍中作家，現在忽然由鍾肇政打出「臺灣文學」的旗號，顯然是在和軍中作家爭主流、爭地位。鑑於來自軍警單位的壓力，《文友通訊》出至第十五期後只好無疾而終，但鍾肇政爲臺灣本土文學提燈的決心沒有改變。一九六二年，鍾肇政企圖透過自己的影響力出版《臺灣作家選集》或《臺灣作家叢書》，以展示戰後二十年間本省作家辛勤筆耕的成果，證明在「自由中國文壇」中另有一支不被官方重視的勁旅之存在。這兩套叢書最終都能在戰後二十年的一九六五年公開推出，充分顯示出鍾肇政組織臺灣本土文學隊伍的才幹。他就好比臺灣本土文學運動的火車頭，不僅在「大河小說」創作中有獨異的表現，而且在拉著整批本土作家向前奔跑方面，留下了可歌可泣的歷史記錄。

第五節　余光中：現代詩壇祭酒

余光中（一九二八～二〇一七年），福建永春人。一九五二年畢業於臺灣大學外文系，詩作如〈鄉愁〉、〈民歌〉、〈等你，在雨中〉均傳誦不衰。在美國讀書、教書五年，並先後任臺灣師範大學、政治大學和香港中文大學教授、高雄中山大學講座教授，出版有《余光中集》九卷。

余光中的詩作題材多樣，蘊含豐富，情采兼備，內容多爲抒發個人的悲憫情懷以及對土地的眷戀，對環保的呼喊和對現代人事物的透澈剖析。他的散文詩意盎然，意象生動，文字典雅，俊逸而雄渾。他在詩歌、散文、評論、翻譯四個領域均取得了不同尋常的成就，尤其是他一生與詩爲友：寫詩，譯詩，教詩、評詩、編詩，成就甚高，以至在詩歌創作領域有「當代大詩人」（註一二）之美譽。

余光中的詩主要有愛情詩、鄉愁詩、社會詩，下面分三方面論述：

臺灣眾多著名詩人差不多都經歷過從西化到回歸的演變，以余光中來說，有一度他是「浪子」，向西天取經不回頭。後來，余光中到美國，原本通過深造進一步親炙英美現代詩的眞諦，但他發現碧眼黃髯兒看不起黃皮膚藍眼睛的東方人，對中國詩歌只知道李白杜甫，而對「五·四」以來的新詩瞭解得非常皮相，更遑論臺灣現代詩，這使余光中受到巨大的刺激。他開始感悟到：月亮並不是西方的圓，於是，他重新認識現代派，大呼「回到中國來」，主張中國人一定要寫中國詩。其代表作是首次留美返臺後出版的愛情詩集《蓮的聯想》，書名係一位受中國文學薰陶的知識分子的寫照。

眾所周知，「蓮」是東方美的理想化身。具體說來，《蓮的聯想》的許多作品均打上了東方美學的烙印，不少詩篇宋詞意味頗濃。當然，有時是吸收宋詞和唐詩乃至《詩經》的精華而融化爲一體，如〈碧潭〉：

十六柄桂槳敲碎青琉璃

幾則羅曼史躲在陽傘下
我的，沒帶來，我的羅曼史
在河的下游

如果碧潭再玻璃些
就可以照我憂傷的側影
如果舴艋舟再舴艋些
我的憂傷就滅頂
……

「敲碎」二字賦靜止的畫面以聲響，將視覺的美與聽覺的美糅合在一塊，使這個湖成了不乏古典情趣的現代湖。余光中歷來反對做傳統的「孝子」，也反對做只知道向西天取經的「浪子」，而主張做一個「回頭的浪子」，「去西方的古典傳統和現代文藝中受一番洗禮」（註一三）。自己的情侶在河的下游、沒帶來的描寫，說明作者從《詩經》「溯洄從之，道阻且長」中汲取過營養。與「復古」者不同的是，他吸收後經過腸胃的充分消化，以致使未讀過《詩經》的人也能理解作品的詩意。「如果舴艋舟再舴艋些」，和此詩的副題一樣均出自李易安的〈武陵春〉：「只恐雙溪舴艋舟／載不動／許多愁。」令人驚嘆的是，余光中將名詞「舴艋」作形容詞用（「再舴艋些」），用得是那樣自然工巧——和前面的「如果碧潭再玻璃些」將「玻璃」作形容詞用，把碧綠的潭水寫得愈加晶瑩透澈一樣，這不禁使我們敬佩作者精於裁章練句的功夫。「八點半。/吊橋還未醒」，則一反前面古典而優雅的筆調，用純粹的現代人感受寫大學生們泛入潭中的青春活力。接連三個「飛」字，將「吊橋」和「夏」擬人化，再加上飛揚的笑聲和「蜻蜓」的比喻，使整個句子顯得俏皮、輕巧，具有溢光流彩的飛動之美。歡愉之情衝破了原先因未帶「羅曼史」引起的深沉憂傷，眞是可圈可點、可歌可嘆。經過余光中藝術的再創造，碧潭早已不是臺灣的碧潭，情侶也絕不是「我」和現實中的表妹，而成了文學史上的不朽情人西施和范蠡，這便是余光中所建立的新的活的傳統。

余光中在一篇文章中，曾提到「頗受中國古典詩影響的美國詩人艾肯」的詩「有晚唐和南宋的韻味」，這其實是余光中自己的最佳自白，如名篇〈等你，在雨中〉。余光中的鄉愁詩最著名的是抒發了海外遊子戀母思鄉赤子情懷的〈鄉愁〉：

小時候
鄉愁是一枚小小的郵票
我在這頭
母親在那頭

長大後
鄉愁是一張窄窄的船票
我在這頭

新娘在那頭

後來啊
鄉愁是一方矮矮的墳墓
我在外頭
母親在裡頭

而現在
鄉愁是一灣淺淺的海峽
我在這頭
大陸在那頭

此詩出現的「郵票」、「船票」、「墳墓」、「海峽」這四種絕妙的意象，貼切地表達了離鄉、漂泊、訣別和望歸而不能歸的離愁別恨，將抽象的「鄉愁」眞切、生動地呈現出來。這是余光中流傳最廣的詩，也是他的傳世之作。

余光中的詩不以寫實性、社會性見長，但他同樣是一位富有使命感和責任感的作家。他對臺灣選戰中出現的醜惡現象的刻畫，做到了入木三分，其名作〈拜託，拜託〉，描繪了他看到的候選人因文化素養嚴重不足而出現的種種傷風敗俗的現象。〈控訴一支煙囪〉，是余光中聲討空氣污染的經典之作。如此莊重的主題用風趣的筆調寫出，不能不使人佩服詩人構思的奇巧和想像力的豐沛。

在大陸及臺港文學史上，余光中曾和陳鼓應、陳映眞等作家發生過論戰。經歷過這一系列論戰的洗禮和考驗，余光中在讀者的心目中，仍能傲視文壇、屹立不倒，像一座頗富宮室殿堂之美的名城屹立在中國當代文學史上。總之，「在這六十年裡，論作品之豐富、思想之深廣、技巧之超卓、風格之多變、影響之深遠，余光中無疑是成就最大者之一」。要選擇大詩人和大作家的話，「他是一個呼聲極高的候選人」（註一四）。

第六節　李敖：兩岸雜文單打冠軍

李敖（一九三五～二〇一八年），生於哈爾濱，畢業於臺灣大學歷史系。一九六一年發表爲胡適辯護的文章〈播種者胡適〉，從而引發一場中西文化問題大論戰。出版有《胡適評傳》、《傳統下的獨白》、《李敖有話要說》等論述一百餘種，其中有九十六本被國民黨查禁，另有《李敖大全集》二十冊。

李敖是繼梁啓超、胡適之後的獨一無二的「狂飆型」知識分子。四十多年來，人們對他千夫所指，他對人們橫眉冷對。他是頑童、狂人、善霸、戰士，是文化的基督山，亦是社會的羅賓漢。反感他的人，認爲他狂妄自大，目中無人；欣賞他的人，讚揚他獨來獨往，個性鮮明。遠在青少年時代，李敖就長有「反骨」，進了臺灣大學更是無法忍受「傳統的倫理教育」。大學畢業後在部隊服役，他堅決不參加國民黨，以致被戴上「思想游移，態度媚外」的帽子。不過，這反而更加堅定了他自由主義的立場。

正是在這種情緒支配下，李敖決定對守舊的官僚亮出他的投槍：「在環境允許的極限下，赤手空拳杵一杵老頑固們的駝背，讓他們皺一下白眉、高一高血壓。」

李敖以「永遠的反動派」的道德訴求所顚覆的不僅是學問家在人們心目中不食人間煙火的形象，而且在千禧之年參選總統，顚覆了政治的神聖性，爲眞正的民主選舉做出表率，使臺灣的選舉文化更加平民化和多元化。他不怕別人收拾他，更不怕坐牢，成了用文字向黑暗勢力進行戰鬥，是繼魯迅之後的一位最堅決、最勇敢的作家和戰士。

李敖的雜文是動盪的時局、守成的文化、閉塞的思想種種因素孕育出來的結晶。他反「老頑固」的一個重要手段是以老反老，即通過對資深文化人胡適形象的重新塑造去鼓動風潮，去造成「反傳統」的時勢。

在臺灣，文學的發展方向與政治文化密切相關，或者說是政治文化制約著文學發展方向。這裡講的政治文化，新世紀有兩個擁有文化霸權的代表性人物：左翼的李敖與右翼的龍應台。這兩人的共同特點是敢於罵。但兩人道不同，不相爲謀。

眾所周知，龍應台曾以《野火集》的辛辣、「評小說」的不講情面狠批她看不慣的文學現象和作品。她常用非常權威、比誰都懂文學的身分發言，其指導型的批評既耳提面命作家應如何寫，也教訓讀者應如何讀。她只打蒼蠅不打老虎的策略使其著作不致遭查禁，她那獨立特行、秉筆直書的文風則使其批評文字一時洛陽紙貴，乃至成爲廣大受眾爭相傳閱的社會文件。這回輪到既打蒼蠅又打老虎的李敖用非常權威——比誰都懂政治、懂歷史、懂文學的「大俠」身分向龍應台橫眉冷對了。「野火」本來是龍應台進入文壇的資本，不願做權貴附庸的李敖卻用「煙火」將其解構：

在黑夜裡，看看煙火是有快感的，但煙火並不是星光，也不是熒火，更不是革命者的篝火。並且，相反的，龍應台的煙火秀，內容很貧乏，很守舊，很小心翼翼，她跟柏楊一樣，向上冒犯只敢冒犯到警察總監而已。（註一五）

龍應台的文字光彩照人，李敖的文字同樣警醒世人。在政治舞臺與李敖競技，龍應台還不是對手。比冒犯黨政要人，龍應台缺乏「龍」膽；比歷史知識，龍應台也沒有他豐富；比翻江倒海、鼓動風潮，龍應台還不算是獨行俠。

別看倨傲不遜豪放不羈的李敖寫起文章來罵個不停，但他書讀得多讀得細，批判時把重點落實到考據上：一點樸學、一點糾謬、一掌摑血、一步一腳印，棒喝給批評對象，說明龍應台的資料如何不全，連張靈甫的〈訣別書〉是僞造的都不知道。

李敖是驅除黑暗、揭露官場黑幕的傳奇鬥士。六十多年來，李敖就像蒼蠅一樣附著在臺灣各種不同文化的皮膚裂縫上，從不同方位解構著這個時代正在出現和即將速朽的文化肌體。他生前坐看打著藍旗的一批人，「退居海隅、竊中國一島以自娛」。隨後又坐看這批人，孵出打著綠旗的一批人，在羽毛豐滿後，「退居邊陲、持中國一島以自毀」。

李敖的雜文既有隨筆，也有書信、日記，其中最値得重視的是他參與文化戰的檄文。這些文字帶有激憤色彩，完全是對社會現實有感而發，其鋒芒所向是傳統文化和以國民黨作後盾的傳統勢力，這便使以民族傳統承繼者自居的國民黨深感不安。但李敖並不想就此打住，一發不可收拾地寫了〈給談中西文化的人看病〉、〈我要繼續給人看病〉等火藥味甚濃的雜文，集中抨擊封閉保守落後的中國文化，滋生了中國人落後的群體性集體意識。在沉悶僵化了多年的臺灣思想界，李敖以他過人的膽識和尖銳潑辣的文風，展現了黨外文化界新世代威猛的活力與批判的勇氣，成爲繼殷海光（註一六）之後指點江山、激揚文字的人物，引起了相當一部分原就對現實強烈不滿而無處發洩的知識分子的共鳴，同時也觸犯了一大批朝野達官貴人和學術權威。

李敖雜文具有強烈的批判性，其中一個重要特色是幽默。他用幽默包藏著投槍，向敵人作戰。其幽默充滿了「匪氣」，而無林語堂的「閑適」和「性靈」。如流行臺灣的「政治文化」，在李敖看來未免太玄妙，於是他用最原始的觀人術，看臺灣地區原最高領導人的臺獨臉譜及隨之而來的德行。

李敖既是作家又是大坐牢家，號稱臺灣文壇第一狂人、第一鬥士。他敢說敢作敢爲，一生充滿傳奇色彩。天下人不敢做的事，他敢爲天下人先去做；天下人認爲不該做的事，他勇敢地信心百倍地去做。他靠自己的一枝禿筆，寫盡天下政治人物。

畫家畫景物，不是畫山水就是畫朝霞，從沒有人畫垃圾畫大便。但李敖的雜文沒有這些禁區。他敢寫別人不敢寫的醜陋事物，敢化腐朽爲神奇。如有人攻擊李敖的全盤西化，他回答說，中國人不再蹲坑而改用馬桶，這馬桶便是西化：「頭腦頑固指斥西化的人，他的屁股其實比他的大腦還前進，至少他的屁股知道西化的好處，並在大便時死心塌地全盤坐在馬桶上。職此之故，每見搖頭晃腦指斥西化者，我就直看他的屁股。」（註一七）「屁股」一詞顯然沒有「臀部」典雅，大便之姿寫在作品中也不文明，但李敖用這些俗詞俗語有力地諷刺了那些口是心非者。

標題是一篇文章的眼睛。起得新穎的標題，有畫龍點睛之妙。李敖便是很注重標題藝術的作家。翻開他的雜文，〈我最難忘的一個小偷〉、〈政治撒尿學〉這類標題不勝枚舉，讀者看了題目馬上就想看內容。李敖的雜文還有許多格言警句，如「我喜歡戰士，即使他們遍體鱗傷，即使他們不能免於死亡」；「促成婚姻是獸性，厭倦婚姻是人性，維繫婚姻是墮性」，等等。

同樣是嬉笑怒罵，同樣是四面樹敵，同樣是對敵人毫不仁慈，人們馬上會聯想到李敖有魯迅風骨。儘管李敖不承認自己師承魯迅，但這是無法改變的事實。

兩岸文學誰的成就高？這是很難回答的問題。打個比方：團體賽大陸是冠軍，因爲大陸作家多，名家名著多，而臺灣有很多單打冠軍，如瓊瑤是言情小說的單打冠軍，余光中是詩文雙絕的單打冠軍，而李敖則是兩岸的雜文單打冠軍。

第七節　白先勇：現代小說的旗手

白先勇（一九三七年～　），廣西桂林人，係國民黨高級將領白崇禧之子。一九五二年由香港到臺灣，一九六一年畢業於臺灣大學外文系，後在美國加州大學聖塔芭芭拉分校任教。出版有《遊園驚夢》、《紐約客》、《臺北人》、《孽子》、《玉卿嫂》、《金大班的最後一夜》等小說集，另有《白先勇文集》五卷。

不以創作豐富自樂的白先勇，產量不高而影響巨大：作品不僅被譯成多種文字，而且《臺北人》榮獲香港《亞洲週刊》「二十世紀中文小說一百強」（排行第七），又入選人民文學出版社「百年百種優秀中文文學圖書」。

白先勇屬臺灣「外省作家」的第二代。一九七一年後，爲白先勇創作的成熟期。其中《孽子》，是白先勇唯一的長篇小說，作者不帶偏見表現了這群「青春鳥」很難被人理解的同性戀行爲。不是孝子而淪落爲孽子，來源於父子間的尖銳衝突。老一輩恪守傳統道德，認爲同性戀違背了「不孝有三，無後爲大」的倫理，作爲晚輩的李青，很想說服父親，讓他認同自己新的倫理觀，因而《孽子》其實是一部尋父記，希望老一輩能理解下一代的「荒唐」行爲。這不僅是一部被遺忘的歷史，而且是對過去被遮蔽歷史的敞開和解密，帶有對人類生存多種形態的理解和同情。

白先勇挑戰視傳統倫理道德，以藝術家的勇氣寫《孽子》的同性戀行爲，來源於古希臘神話中的「Adonais」，這正是白先勇小說人物的一個重要原型。《孽子》所表現的同性戀傾向，誠然是一種性慾的展現，正是透過這種病態使白先勇對社會、對人生、對愛情有著與眾不同的看法。《孽子》以臺北新公園來代表二十世紀六十年代臺灣的時代氛圍，其表層是寫青少年的性壓抑與性苦悶，其實是寫「中國的父權中心社會及父子——不只是倫理學上的，而且也是人類學、文化學和心理學上的父子——的關係」（註一八）。如果說「父」象徵著權力、秩序、尊嚴和傳統，那「子」就是邊緣、失落、反叛、被凌辱的異端，這兩者透過家庭關係折射社會、政治的秩序和文化的衝突。

由十四個短篇構成的《臺北人》，是白先勇最能經得起時間篩選的作品，其主人公都是隨著國民黨撤退到臺灣的外省人。他們有的是「五．四」時期的熱血男兒，南征北戰的將軍，或紅極一時的舞女歌伎。有的或家財萬貫、或官運亨通、或窮困潦倒，這些「過去」對他們到臺灣後的生活發揮了重要的作用。說他們是「臺北人」，其實是從大陸移居到臺北的外地人，屬流亡者或難民。這些人物包含了從上流社會到社會底層的三教九流，把他們串聯起來就成了一部民國史的縮影。

《臺北人》的內容複雜，按照歐陽子的說法，其主題可分爲「今昔之比」、「靈肉之爭」和「生死之謎」。「靈」是愛情、理想、精神，而「肉」是性欲、現實、身體。在白先勇的小說世界中，靈與肉之間的張力與扯力，十分強烈，兩方彼此廝鬥，毫無妥協的餘地。之所以不能妥協，正像「昔」與「今」不能調和一樣，在於時間一去不復返，誰也不可能將其挽留。關於「生死之謎」，歐陽子認爲其中所體現的是佛家「一切皆空」的思想，這在《永遠的尹雪豔》中得到明確的表現。尹雪豔超越時間的界限永遠年輕，又超越空間的局限，無論到哪裡均不影響她的美麗。就象徵意義來說，她不是人，簡直是魔，有時甚至使人感到她是幽靈，在不斷粉飾舊時代和舊人物的敗亡，其中作者所寄託的正是遁世思想。在〈國葬〉中老和尚劉行奇的形象，所寄寓的也是人生在世如春夢的觀點。讀《臺北人》，常常遇到「冤」、「孽」等字眼。白先勇的冤孽觀，有深沉的社會意義，可引申到國家及其文化。（註一九）顏元叔曾稱讚白先勇是「社會意識極強的作家，擅長的是眾生相的嘲諷」，而本土評論家葉石濤卻認爲白先勇筆下的各種臺北人，只是一群「充分表示沒落的舊官僚和資產階級的，缺少民族意識的眞相」，主題不外乎是「放逐與漂泊」，那些人物無法認同臺灣這塊神奇而陌生的土地，只能在回憶中迷戀過去的榮華富貴而逐漸飄零。（註二〇）

白先勇對中國當代小說的貢獻，首先體現在題材上勇於開拓，爲遠離祖國的無根的浪子譜寫一曲又一曲的「流浪者的哀歌」，尤其是敢寫別人沒有表現過的同性戀這類亞文化現象，一種重要的社會現象。同性戀得到嚴肅作家的關注，白先勇無疑是墾荒先鋒。在描寫同性戀時，白先勇不僅著眼於形成的生理或心理原因，用各種細節去揭示其成因，探究其社會意義，而且還注重揭示形成同性戀這一社會現象的政治、社會、文化因素，爲同性戀獲得主流社會的認可邁出了勇敢的一步。

其次是白先勇的小說深受中國傳統文化的影響。像《遊園驚夢》，如果不懂昆曲藝術，不瞭解湯顯祖的《牡丹亭》，就難以瞭解這部小說的結構和含義。白先勇正是借助中國古典戲劇的常識，才將小說中的不再具有青春美貌和顯赫社會地位的錢夫人寫得栩栩如生。白先勇不是一位充分的理想主義者和樂觀主義者，對人類歷史和自身命運存在著消極頹廢的看法，但其小說不能簡單地用「沒落貴族的輓歌」去概括，更不能將作者貶稱爲「殯儀館的化妝師」，是在爲死亡的階級塗脂抹粉。白先勇對過去的留戀固然包含有失掉既得利益在內，但不完全是這些。且不說他譜寫的時代輓歌中有豐富的歷史內涵，單說他寫的人物不限於沒落貴族，還有老兵、妓女、酒女、老傭人、老副官，上上下下，形形色色，無所不包，從而使我們親自體驗到那個五花八門、光怪陸離社會的一切。

最後，白先勇小說的敘述風格不單純是抒情，而且還將表現與寫實融爲一體。無論是短篇小說還是長篇小說，所表現的均是人物的精神世界，所追求的是對人物精雕細刻的描繪，所塑造的無不是冷豔的尹雪豔、矜貴的錢夫人、剛烈的玉卿嫂一類令人難忘的形象。

到了二十一世紀，鑑於白先勇最好的小說已在二十世紀完成，因而他這時的精力主要用來振興崑曲藝術，將《牡丹亭》改編爲青春版的崑曲本，在推陳出新、普及中國傳統藝術方面做出新的貢獻。

第八節　陳映真：左翼文壇翹楚

陳映眞（一九三七～二〇一六年），臺北人。淡江英語專科學校外文系畢業後，參與《文季》、《夏潮》的編務。一九八四年創辦報導文學雜誌《人間》，曾任「中國統一聯盟」創會主席。出版有小說《第一件差事》、《將軍族》、《夜行貨車》、《華盛頓大樓》、《山路》等，另有二十三冊《陳映眞全集》。

一九五九年至一九六五年爲陳映眞創作的第一階段，這時作品的基調憂鬱、傷感、苦悶，且帶有自傳色彩。其中一九六四年在《現代文學》上發表的《將軍族》，描寫生活在社會底層的康樂隊的吹鼓手，爲農村去世的人奏樂的團隊。由於他們穿著打扮酷似「將軍」，故陳映眞採用反諷手法戲稱他們爲「將軍族」。具體說來，作品敘述的是三角臉（即大陸老男人）和小瘦丫頭兒（即臺灣小女人）這兩個下層市民相知相助相愛的故事。這篇小說的開拓意義在於選取了「大陸人在臺灣」這種題材，並用歷史主義方法去處理和發掘。藝術獨創性體現在用喜劇筆法寫悲劇故事，將知識分子靈魂的蒼白和虛無情緒表露無遺。其中所體現的悲天憫人的情懷，係臺灣一九六〇年代小說的共同題旨。（註二一）這篇小說，奠定了陳映眞在小說界尤其是文壇上的地位。

陳映眞於一九六〇年代中期所寫短篇小說，均收集在一九七五年十月出版的《第一件差事》、《將軍族》中。在《將軍族》小說集後面附有陳映眞以「許南村」筆名發表的〈試論陳映眞〉。在此文中，他毫不留情地批判了舊我，尤其是〈故鄉〉裡的主角「我」：「他逃避一切足以刺痛他那敏感的心靈的一切事物，包括生了他、養了他的故鄉。他把自己放逐了，放逐出活生生的現實生活。」這是作者和過去告別的宣言。當他再度揚帆重新起航時，和當時的西化風潮相呼應。另一變化是不再局限於市鎭小知識分子的眼光，而以更開闊的視野來表現臺灣問題，小說具有明顯的現代主義烙印。〈凄慘的無言的嘴〉，則表現了他另一新主題即知識分子的失落感，其抒情才能與象徵手法的應用，也比過去成熟。（註二二）

一九六六至一九六八年爲陳映眞創作的第二階段。他這時改用理性的凝視取代感性的拒排，冷靜而寫實的剖析取代了煽情、浪漫的發洩，其中〈唐倩的喜劇〉描寫西方文化對臺灣社會的腐蝕，表現在知識階層趕時髦，背叛中華傳統文化顯得浮華淺薄。

一九六九年至一九八七年爲陳映眞創作第三階段，即進入政治小說時期。在一九六六年九月陳映眞因爲學習毛澤東著作和友人一起成立「民主臺灣同盟」，被扣上「涉嫌叛亂」的罪名而被捕。正是一場難得的煉獄，使他丟棄了以往創作中感傷、悲愴的情調，他的創作迎來了一個新階段。他說過：「在牢裡我們可以親眼到歷史，親身感受到歷史的發生。整個世界的變化，都對這裡產生影響。那幾年的鍛煉，的確給了我一點力量。」（註二三）

陳映眞與他人不同之處，在於不寫不食人間煙火的作品，時刻對社會對現實作出自己的評價，尤其勇闖政治禁區，企圖清除幾十年來白色恐怖給人們帶來的傷害，把自己瞭解的歷史眞相用藝術手法表現出來，這樣便有《鈴鐺花》、《山路》、《趙南棟》這類政治小說的誕生。

一九八八至二〇〇六年爲陳映眞創作第四階段。陳映眞也有擱筆的時候，如自一九八七年《趙南棟》小說發表後，他十二年沒有再寫小說，其精力主要用來批判「政治臺獨」和「文化臺獨」，其作品形式多爲雜文、政論。另一方面，他一直在思考臺灣社會性質及何去何從的問題。到了一九九九年，他在好友黃春明的激勵下，打破沉默發表了小說〈歸鄉〉，二〇〇〇年發表了〈夜霧〉，二〇〇一年發表了〈忠孝公園〉。作者以二〇〇〇年臺灣總統大選爲背景，面對「臺灣人」眞正當家作主的現實，東北籍的馬正濤對國民黨的失勢，頓感前途渺茫，無法理解甚至想自殺，而本省人林標也不認同這個所謂屬臺灣人的「扁政府」，並感到自己受到了欺騙和愚弄。林標是爲本族政權所拋棄，在心靈上受到極大的傷害而喪失了祖國，而馬正濤則是成爲日本和國民黨的寵兒而自絕於祖國。從這兩種不同的遭遇到祖國喪失的精神迷失中，可看到祖國處於分裂狀態並不是因爲省籍問題所致。要解決這個問題，必須清理精神上的荒廢，反思歷史的教訓，這樣才能把被扭曲的靈魂拯救過來。

陳映眞之所以不像別的作家那樣多產，是因爲他嚴肅爲文，從不以創作豐富自樂，另一方面，他寫作從來都是處於被動狀態。有人說，陳映眞的創作有圖解主題的味道，陳映眞坦承自己的創作是爲思想服務的，其作品中不僅有過去的歷史，更有對未來的殷切期望。〈歸鄉〉在《聯合報》副刊連載時，他開宗明義說：「對膚色、信仰、種族的歧視已不爲文明所許，何況對於同民族的兄弟呢？……我的確是用這個故事來對於臺灣區分外省與本省，中國人與臺灣人的主流意識形態提出質問」。這兩個中篇也牽涉到人性、省籍矛盾、祖國喪失等重大社會問題，如〈歸鄉〉寫的一個臺籍國民黨老兵在大陸四十多年無法返鄉，後來允許探親時，而回到臺灣看起來更像是外省人。另一個大陸籍老兵，在現實的臺灣社會中，也是有家不能歸。陳映眞想藉由小說告訴我們：要改變這種情況，統一才是「歸鄉」之路。

師承魯迅的陳映眞，是堅強的民族主義戰士，是臺灣文化界和出版界的一面光輝旗幟。他的雜文和政論，在統獨鬥爭中是一把鋒利的匕首。他的文學理論，具有強烈的實踐性和批判精神。他的小說創作，代表了臺灣鄉土文學的成就。

注釋

一　參見眞昕：〈御用攻擊也算文評〉，《臺灣文藝》第一〇五期（一九八七年五月）。

二　《王詩琅全集》第九卷（高雄市：德馨室出版社，一九七九年）。

三　《臺北文物》第三卷第二、三期（一九五四年七月至十二月）；第四卷第二期（一九五五年八月）。

四　陳少廷：《臺灣新文學運動簡史》（臺北市：聯經出版社事業公司，一九七七年五月）。

五　朱偉誠整理：〈葉石濤臺灣文學史綱專書研討會〉，《臺北評論》第二期（一九八七年十一月一日），頁三十一。

六　朱偉誠整理：〈葉石濤臺灣文學史綱專書研討會〉，《臺北評論》第二期（一九八七年十一月一日），頁三十四。

七　葉石濤：《臺灣文學史綱》〈自序〉（高雄市，文學界雜誌社，一九九一年），頁三。

八　楊照：〈歷史大河中的悲情——論臺灣的「大河小說」〉，載《四十年來的中國文學》（臺北市：聯合文學出版社，一九九五年）。

九　鍾肇政：《沉淪》，蘭開版〈自序〉，收入《鍾肇政全集》第三十七卷（桃園縣：桃園縣文化局，二〇〇四年十一月），頁三六〇～三六二。

一〇　彭瑞金：〈追尋、迷惘與再生：戰後的吳濁流到鍾肇政〉，《臺灣文藝》第八十三期（一九八三年七月），頁四十～四十八。

一一　鍾肇政：《文友通訊》，一九五七年第一期。

一二　流沙河：〈詩人余光中的香港時期〉，《香港文學》一九八八年十二月（一九八九年一～二月）。

一三　余光中：〈迎中國的文藝復興〉，《文星》第五十八期（一九六二年八月一日）。後收入

《掌上雨》（臺北市：文星書店，一九六四年六月），頁一九五。

一四　黃維樑：《火浴的鳳凰》〈前言〉（臺北市：純文學出版社，一九七九年），頁十四。

一五　李　敖：《大江大海騙了你——李敖秘密談話錄》（臺北市：李敖出版社，二〇一一年二月）。

一六　殷海光（一九一四～一九六九），湖北黃岡人，曾參與創辦《自由中國》，在該刊鼓吹組織新黨，後被官方解聘教職。

一七　李　敖：《給談中西文化的人看看病》（一九九一年四月二十三日），載《李敖驚世新千年》（北京市：中國友誼出版公司，二〇〇〇年），頁一五九。

一八　蔡克健：〈訪問白先勇〉，載《第六隻手指》（臺北市：爾雅出版社，一九九五年），頁九。

一九　歐陽子：《王謝堂前的燕子》（臺北市：爾雅出版社，一九七六年），頁二十七。

二〇　葉石濤：《臺灣文學史綱》（高雄市，文學界雜誌社，一九九一年），頁一二六。

二一　應鳳凰：《臺灣文學花園》（臺北市：玉山社，二〇〇三年），頁六十三。

二二　呂正惠：《戰後臺灣文學經驗》（北京市：生活·讀書·新知三聯書店，二〇一〇年），頁二一一。

二三　馮偉才：〈那孤單的背影〉，香港：《百姓》一九八五年第一期。

參考書目

葉石濤著　《臺灣文學的悲情》　高雄市　派色文化出版社　一九九〇年一月。

葉石濤著　《走向臺灣文學》　臺北市　自立晚報社文化出版部　一九九〇年三月

劉登翰等主編　《臺灣文學史》上卷　福州市　海峽文藝出版社　一九九一年

張恆豪主編　《臺灣作家全集・楊逵集》　臺北市　前衛出版社　一九九一年

張恆豪主編　《臺灣作家全集・賴和集》　臺北市　前衛出版社　一九九二年七月

侯　健、李世凱、史繼中主編　《歷代抒情詩分類鑑賞集成》　北京市　十月文藝出版社　一九九四年二月

許俊雅著　《臺灣文學散論》　臺北市　文史哲出版社　一九九四年十一月

羅　林著　《臺灣文學史新編》　臺北市　志光教育文化出版社　一九九五年一月

許俊雅著　《日據時代臺灣小說研究》　臺北市　文史哲出版社　一九九五年二月

葉石濤編譯　《臺灣文學集一——日文作品選集》　高雄市　春暉出版社　一九九六年

梁明雄著　《日據時期臺灣新文學運動研究》　臺北市　文史哲出版社　一九九六年二月

林瑞明著　《臺灣文學的歷史考察》　臺北縣　允晨文化公司　一九九六年七月

林瑞明著　《臺灣文學的本土觀察》　臺北縣　允晨文化公司　一九九六年七月

葉石濤著　《臺灣文學入門——臺灣文學五十七問》　高雄市　春暉出版社　一九九七年

（日）岡崎郁子著、葉笛等譯　《臺灣文學——異端的系譜》　臺北市　前衛出版社　一九九七年一月
（日）垂水千惠著、涂翠花譯　《臺灣的日本語文學》　臺北市　前衛出版社　一九九八年二月
（日）中島利郎編　《臺灣新文學與魯迅》　臺北市　前衛出版社　二〇〇〇年五月
（日）中島利郎、河原功、下村作次郎編　《日本統治期臺灣文學文藝評論集》　第二卷　東京都　綠蔭書房出版社　二〇〇一年
古繼堂主編　《簡明臺灣文學史》　北京市　時事出版社　二〇〇二年
彭瑞金總編　《高雄文學小百科》　高雄市政府文化局　二〇〇六年七月
趙勳達著　《臺灣新文學（一九三五～一九三七）定位及其抵殖民精神研究》　臺南市　臺南市圖書館　二〇〇六年十二月
陳建忠著　《被詛咒的文學．戰後初期（一九四五～一九四九）》　臺北市　臺灣文學論集　五南圖書出版公司　二〇〇七年一月
文訊雜誌社編　《文訊二十五周年總目》　二〇〇八年七月
財團法人文學臺灣基金會主編　《臺灣大河小說家作品學術研討會論文集》　臺北市　國家臺灣文學館籌備處　二〇〇六年十二月
葉榮鐘　《日據下臺灣大事年表》　臺中市　晨星出版社　二〇〇八年八月
張　默等編　《創世紀一九五四～二〇〇八圖像冊》　臺北市　創世紀詩社　二〇〇八年十月
江寶釵著　《臺灣全志．文化志》　文學篇　第十二卷　臺北市　國史館臺灣文獻館　二〇〇九年
彭瑞金著　《鍾肇政文學評傳》　高雄市　春暉出版社　二〇〇九年六月

彭瑞金主編　《鳳邑文學百科》　高雄縣　高雄縣政府文化局　二〇一〇年三月

中國文藝協會編　《文協六十年實錄一九五〇～二〇一〇》　臺北市　普音文化事業公司　二〇一〇年五月

李　敖著　《大江大海騙了你——李敖秘密談話錄》　臺北市　李敖出版社　二〇一一年二月

陳建忠編選　《臺灣現當代作家研究資料彙編・賴和（一八九四～一九四三）》　臺南市　臺灣文學館　二〇一一年三月

許俊雅編選　《臺灣現當代作家研究資料彙編・呂赫若（一九一四～一九五一）》　臺南市　臺灣文學館　二〇一一年三月

向　陽編選　《臺灣現當代作家研究資料彙編・楊熾昌（一九〇八～一九九四）》　臺南市　臺灣文學館　二〇一一年三月

陳萬益編選　《臺灣現當代作家研究資料彙編・龍瑛宗（一九一一～一九九九）》　臺南市　臺灣文學館　二〇一一年三月

柳書琴等編選　《臺灣現當代作家研究資料彙編・張文環（一九〇九～一九七八）》　臺南市　臺灣文學館　二〇一一年三月

張恆豪編選　《臺灣現當代作家研究資料彙編・吳濁流（一九〇〇～一九七六）》　臺南市　臺灣文學館　二〇一一年三月

許俊雅編選　《臺灣現當代作家研究資料彙編・張我軍（一九〇二～一九五五）》　臺南市　臺灣文學館　二〇一二年三月

封德屏主編　臺灣文學期刊史導論（一九一〇～一九四九）　臺南市　臺灣文學館　二〇一二年十二月

吳蘭梅總編　《賴和・臺灣魂的回蕩——二〇一四彰化研究學術研討會論文集》　彰化縣　彰化縣文化局　二〇一四年三月

彭瑞金等著　《臺灣文學史小事典》　臺南市　臺灣文學館　二〇一四年十一月

許俊雅編選　《臺灣現當代作家研究資料彙編・王昶雄（一九一五～二〇〇〇）》　臺南市　臺灣文學館　二〇一四年十二月

吳蘭梅總編　《賴和・臺灣魂的迴蕩——二〇一四彰化研究學術研討會論文集》　彰化縣　彰化縣文化局　二〇一五年

（日）河源功著、張文薰等譯　《被擺布的臺灣文學：審查與抵抗的譜系》　臺北市　聯經出版公司　二〇一七年十一月

柳書琴主編　《日治時期臺灣現代文學辭典》　臺北市　聯經出版公司　二〇一九年六月

封德屏、彭瑞金等　〈臺灣文學年鑑〉《文訊》　臺灣文學館　一九九六～二〇一九年

孫起明、李瑞騰、封德屏等總編　《文訊》　一九八三～二〇二〇年

作者簡介

古遠清，廣東梅縣人，一九四一年生。武漢大學中文系畢業，為臺、港文學史家、文學評論家。歷任國際炎黃文化研究會副會長、香港中文大學「中國當代文學系列講座」教授、香港嶺南大學現代文學研究中心客座研究員、中南財經政法大學世界華文文學研究所所長。現為陝西師範大學人文社會科學高等研究院駐院研究員、佛山科學技術學院嶺南講座教授、中國新文學學會名譽副會長、中國世界華文文學學會名譽副監事長。多次赴大陸、臺、港、澳地區及東南亞各國、韓國、澳大利亞講學和出席國際學術研討會。承擔教育部課題和國家社會科學基金項目七項。

著有《中國大陸當代文學理論批評史》、《香港當代文學批評史》、《臺灣當代新詩史》、《香港當代新詩史》、《海峽兩岸文學關係史》、《臺灣新世紀文學史》、《澳門文學編年史》、《中外粵籍文學批評史》、《華文文學研究的前沿問題》、《世界華文文學概論》、《世界華文文學研究年鑑》、《古遠清八秩畫傳》、《當代作家書簡》等多部著作；另有在萬卷樓圖書公司出版「古遠清臺灣文學五書」：《戰後臺灣文學理論史》、《臺灣查禁文藝書刊史》、《臺灣百年文學制度史》、《臺灣文學焦點話題》、《臺灣文學學科入門》，以及「古遠清臺灣文學新五書」：《微型臺灣文學史》、《臺灣百年文學期刊史》、《臺灣百年文學出版史》、《余光中論爭史》、《臺灣文學論爭史》。

文學研究叢書 古遠清臺灣文學新五書 0810YB6

微型臺灣文學史

作　　者 古遠清
責任編輯 林以邠
特約校對 林秋芬

發 行 人 林慶彰
總 經 理 梁錦興
總 編 輯 張晏瑞
編 輯 所 萬卷樓圖書股份有限公司
臺北市羅斯福路二段 41 號 6 樓之 3
電話 (02)23216565
傳真 (02)23218698

發　　行 萬卷樓圖書股份有限公司
臺北市羅斯福路二段 41 號 6 樓之 3
電話 (02)23216565
傳真 (02)23218698
電郵 SERVICE@WANJUAN.COM.TW
香港經銷 香港聯合書刊物流有限公司
電話 (852)21502100
傳真 (852)23560735

ISBN 978-986-478-558-2
2022 年 2 月初版一刷
定價：新臺幣 200 元

如何購買本書：
1. 劃撥購書，請透過以下郵政劃撥帳號：
帳號：15624015
戶名：萬卷樓圖書股份有限公司
2. 轉帳購書，請透過以下帳戶
合作金庫銀行 古亭分行
戶名：萬卷樓圖書股份有限公司
帳號：0877717092596
3. 網路購書，請透過萬卷樓網站
網址 WWW.WANJUAN.COM.TW
大量購書，請直接聯繫我們，將有專人為您服務。客服：(02)23216565 分機 610
如有缺頁、破損或裝訂錯誤，請寄回更換

國家圖書館出版品預行編目資料

微型臺灣文學史 / 古遠清著. -- 初版. -- 臺北市 : 萬卷樓圖書股份有限公司, 2022.02
印刷
面 ; 公分. -- (文學研究叢書. 古遠清臺灣文學新五書 ; 810YB6)
ISBN 978-986-478-558-2(平裝)
1.CST: 臺灣文學史 2.CST: 文集

863.09 110021027